겨울을 지나가다

겨울을 지나가다

조해진 소설

작가
정신

문장을 얹으며

미래에 꺼내 쓸 빛을 품은 소설

아끼는 단어들을 차곡차곡 모아두는 마음속 사전에서 오랜만에 '애일愛日'이라는 단어를 꺼냈다. '사랑해야 할 햇빛'이라는 멋진 비유로 '겨울의 낮'을 뜻하는 이 단어는, '매일을 아낀다'로 해석되면 '부모를 보살필 수 있는 날이 적은 것이 안타까워 하루라도 더 정성껏 모시려고 노력함'을 뜻하기도 한다. 이 두 겹의 애일이 테두리를 감싸고 있는 이 소설은 엄마와 사별한 후 황폐한 암흑과 한겨울의 추위 속에 홀로 남겨진 정연이 사랑해야 할 햇빛들을 찾아가고 엄마의 부재를 정성껏 애도하며 다시 일어서는 이야기다.

상실 이후의 삶과 애도의 의미에 관해 사려 깊고 면밀하게 써내려간 이 지극한 소설에 대해 올겨울을 지나가는 내내 말할 수도 있지만, 이 소설이 특히 아름다웠던 지점은, 정연을 결국 일으켜 세우는 햇빛들이 엄마가 생전에 타인을 돌보던 마음과 정연이 타인을 돌보려는 마음의 겹침에서 비롯된다는 것이다. 정연은 엄마가 가족으로 거둔 정미를 산책시키면서 매일을 걸어갈 힘을 얻고, 엄마가 투병 중에도 만든 칼국수를 잊지 못하는 영준과 만나 서로 슬픔과 애도의 곁이 되어주며, 엄마가 담근 모과주로 다현의 명복을 비는 자리에서 비로소 엄마와 작별 인사를 나눈다.

　　정연이 노파에게 점심을 대접하다가 노파에게서 잊어버린 외할머니의 얼굴을 발견하고 자신에게서 '엄마'가 발견되는 장면은 너무 찬란해서, 어떤 장면에서든 '빛'이라는 글자 하나 없이도 가득한 빛, 사랑해야 할 햇빛들을 일렁이게 만드는 조해진이라는 작가에게 나는 이번에도 환하게 점등되고야 말았다(예전에 나는 어느 자리에서 조해진에 대한 열렬한 애정을 고백하며 언젠가 "'빛'이라는 단어를

절대 쓰지 않고 조해진에 대해 말하기에 도전해보
겠다"고 말한 적이 있는데 정말 턱도 없는 소리였
다).

언제나 그랬다. 조해진의 소설을 읽는 것은 언젠
가 크게 발을 헛디뎌 무너져 내렸을 때 스스로를 일
으켜 세울 힘을 비축해두는 일이고, 적대적인 얼굴
을 하고 불쑥 나타난 타인 앞에 잠시 멈춰 그가 나
쁜 건지 아픈 건지를 헤아려볼 수 있는 숨을 준비
해두는 일이고, 미래로 함께 나아가야 할 이 시대
의 가장 약한 존재들의 이야기를 들어두는 일이다.
『겨울을 지나가다』를 읽으면서는 이미 아프게 겪었
던 죽음들을 다시 제대로 애도할 기회를 갖는 동시
에, 언젠가 이런 커다란 상실을 마주했을 때, 시간
을 들여 요리한 칼국수를 맛보고 씹고 삼키는 행위
에만 온전히 몰두하며 추상적인 고통이 마음에 그
어놓은 어지러운 선들을 지워내고 구체적인 감각
으로 삶을 채워가기 시작했던 정연을 떠올리며 어
떤 시도를 해볼 수 있을 거라는 믿음을 쌓아둔다.
그래서 그의 소설은 희망이다. 미래에 꺼내 쓸 빛을
품고 있으니까. 그가 계속 다양한 형태의 어둠 속을

차근차근 더듬는 소설을 써주는 한, 나는, 우리는 아주 절망적인 순간에도 아주 지지만은 않을 것이다.

김혼비(에세이스트)

차례

1부

동지

———

冬至

시간이 담긴 그릇……

잠든 엄마를 내려다보며 나는 생각했다.

사람의 몸은 시간이 담긴 그릇 같다고.

그렇다면 엄마의 몸에는 칠십일 년이 담긴 셈이다. 그 세월은 엄마를 아이에서 소녀로, 두 딸의 엄마로, 다시 할머니이자 암 환자로 변모하게 했다. 엄마에게 울고 웃는 방법을 가르쳐주었고 얼굴에 주름을 남겼으며 눈빛에 근심과 외로움을 새기기도 했다. 엄마가 머잖아 숨을 멎는다면 엄마의 칠십일 년은 어디로 가는 것일까. 문득 나는 그것이 궁금해졌다. 확실한 건 그 누구도 엄마의 매 순간을 속속들이 알지는 못한다는 것일 터였다. 엄마의 전 생애를 몽타주 기법으로 편집한 기억의 파일들은 오직 엄마만이 온전히 소유하고 있을 테니까. 엄마를 전율하게 한 가장 첫 번째 감각은 무엇인지, 성장기에는 어떤 미래를 생각하며 불안을 견디었는지, 순도 높은 행복을 느낀 날들은 생애에서 며칠이나 되는지, 그런 걸 아는 사람은 엄마 자신뿐인 것이다. 어느 초여름에 베어 먹은 복숭아의 떫은 단맛이 어떻게 엄마의 몸 안에 퍼져갔는지, 배를 앓던 날의 베개 너머 꿈의 입구는 어떤 세상을 열어주었는지, 첫딸을 처음 품에 안은 순간 뜨겁게 눈물을 쏟아내며 무슨 생각을 했는지, 그런 것도. 박물관이나 도서관이 그 안의 기록물과 전시품, 서적과 함께 사라지듯 엄마가 엄마의 시간을 안고 이 지상에서의 자취를 거두어간다고 생각하면…….

허무했다.

침대 옆 스탠드 조명을 껐다.

다시, 켰다.

욕창 방지용 매트리스가 깔린 침대와 쿠션들, 링거대와 수액, 영양제 비닐팩, 쌓인 약봉지와 뜯긴

약봉지의 실루엣이 금세 뚜렷해졌다. 실루엣 주변에는 명도가 다른 음영이 졌는데, 음영의 일부는 순식간에 바닥과 벽의 그림자로 확장되면서 여러 각도로 굴절되기도 했다. 누군가의 기억을 한 장면으로 표현한 것만 같은 방 안의 풍경을 충분히 둘러본 뒤 나는 스탠드 조명을 다시 껐고, 이번엔 좀 더 어둠을 견딘 다음 도로 켰다.

엄마가 보이지 않아도 부재하는 건 아니란 걸 확인하겠다는 듯이, 남몰래 그것을 학습하는 사람인 양…….

잠들기 전 엄마는, 이른 저녁에 겨우 삼킨 두 숟가락 분량의 미음마저 토했다. 더 먹지, 라고 말하면서도 엄마의 괴로워하는 얼굴을 보며 나는 그릇을 치웠다.

"춥다, 정연아. 너무 추워."

엄마가 그렇게 말할 때는 통증이 시작됐다는 의미였다. 춥다는 말로 아프다는 말을 대체하는 건 엄마가 통증을 축소하거나 감추는 데 익숙해서일까, 아니면 엄마의 체온이 실제로 안에서부터 식어가서일까.

아마, 둘 다일 것이다.

"미연이한테 전화해볼까?"

매트리스 아래 전기장판의 온도를 올리며 그렇게 묻자 엄마는 고개를 저었다.

"이 밤에 무슨, 됐어."

"그럼 병원 가볼래? 응급차 부를까?"

"아냐, 부르지 마. 진통제나 줘. 그리고 너……."

"……?"

"지금 술 냄새 나."

말하며, 엄마는 통증으로 얼굴을 찡그린 상태에서도 장난스럽게 눈을 흘겼는데 그 표정은 엄마가 최선의 힘으로 선택한 농담의 다른 형태라는 것을 모를 수 없었다. 엄마와 나는 함께 웃었다. 그 웃음이 엄마에게 허락된 마지막 여유라는 것을 엄마도 나도 알지 못한 채였다. 그 밤에 용해된 내 죄책감이 그 웃음으로 희석되리란 것도 나는 훗날에야 깨닫게 되리라.

나는 약통에서 진통제를 꺼내 아, 하고 입을 벌린 엄마의 혀 밑에 넣어주었다. 침으로 녹여서 흡수하는 마약성 진통제였다. 약효는 바로 나타났다. 엄마는 몽롱해하면서도 무 맛이 좋을 때니 란미용실의 혜란 아주머니에게 부탁해 통무를 사놓으라고 이르는가 하면, 올해는 김장을 못 해서 큰일이라고, 아쉬운 대로 알배추로 겉절이라도 해놔야겠다고, 알배추뿐 아니라 고추와 마늘과 파도 혜란 아주머니 통해 구해놓으면 좋겠다고 말을 이어갔다. 횡설수설 같았지만, 사실 미용실에서 작물을 구매하는 건 이 동네에서는 이상한 일이 아니긴 했다. 란미용실의 손님 대부분은 농사를 짓거나 텃밭을 가꾸는 장년 이상의 여성들로, 그들은 서로에게 생산자이자 소비자이기도 했다. 엄마 역시 그들을 통해 온갖 작물을 도매가로 구매했고, 그들은 집밥이 지겹거나 사람을 만나 식사를 해결해야 할 때면 엄마의 식당으로 칼국수—메뉴판에는 없었지만 손님이 원하면 수제비를 내놓을 때도 있었다—를 먹으러 왔다.

"일어나지도 못하면서 김장은 무슨…… 먹을 사람도 없어."

내 귀에도 조금은 매정하게 들리는 목소리였지만 정작 엄마에게서는 아무런 반응이 없었다. 약 때문인지 엄마는 이미 눈을 반쯤 감고 있었다. 엄마가 쉽게 잠들 수 있도록 나는 침대에 걸터앉아 엄마의 어깨와 팔, 다리를 주물러주었다. 뼈의 위치와 크기가 가늠될 만큼 여윈 몸이지만 이 몸에서 두 생명이 태어났다는 것을, 한때는 열망과 정념이 차고 넘치던 몸이었다는 것을 되새기려 나는 애썼다.

엄마는 어느 순간 까무룩 잠이 들었다.

내가 평소보다 오래 엄마 방에 머무는 것이 이상했는지 어느새 방으로 들어온 정미가 내 앞에 앉아 꼬리를 살살 흔들기 시작했다. 엄마가 잠든 걸 헤아려 최대한 소리 죽여 꼬리만 흔드는 영리한 정미를 나는 가만히 안았고 정미는 내 머리칼을 헤집으며 코를 킁킁댔다. 넌 술 냄새 좋아하지, 맞지, 묻고는 나 혼자 잠시 키득대기도 했다.

정연과 미연에서 한 글자씩 따와 이름 붙여진 정미는 엄마가 십 년 동안 운영해온 칼국수 식당의 상호이기도 했다. 식당 근처를 맴돌며 엄마에게서 밥을 얻어먹던 정미는 이 년 전부터, 그러니까 엄마가 아직은 자신의 병을 몰랐던 시절부터 우리 가족이 되었다. 얼핏 보면 연한 갈색 털의 진돗개 같지만 찬찬히 들여다보면 보통의 진돗개보다 유독 귀가 크고 눈꼬리가 내려와 있어 엄마는 정미의 피 속에 여러 견종의 유전자가 흐르고 있을 거라고 말하곤 했다.

정미를 데리고 엄마 방에서 나가려던 순간, 나는 그대로 멈춰 섰다.

엄마, 라고 부르는 목소리 때문이었다. 자연스럽게 그런 장면이 상상됐다. 엄마와 외할머니가 비슷하게 늙은 모습으로 마주 서 있는 장면……. 상상 속 장면은 좀처럼 완성되지는 못했는데, 외할머니의 얼굴이 도무지 기억나지 않아서였다. 언젠가는 엄마의 얼굴도 할머니처럼 가물거리게 될까, 나는 생각했다. 그 순간 꿈속에서 만난 엄마를 잠꼬대로 부르면서도 그 얼굴이 떠오르지 않아 아연해하는 미래의 내게로까지 상상이 이어졌고, 그러자 마음이 아주 못쓰도록 황폐해졌다.

"엄마……."

엄마는 또다시 잠꼬대를 했고, 이번엔…….

엄마, 부른 뒤 흐느꼈다.

한 사람의 부재로 쌓여가는 마음이 집이 된다면 그 집의 내부는 너무도 많은 방과 복잡한 복도와 수

많은 계단으로 구성되어 있으리라. 수납공간마다 물건들이 가득하고 물건들 사이 거울은 폐허의 땅을 형상화한 것 같은 먼지로 얼룩진 곳, 암담하도록 캄캄한 곳과 폭력적일 만큼 환한 곳이 섞여 있고 창밖의 풍경엔 낮과 밤, 여름과 겨울이 공존하는 그런 집…….

나는 엄마 옆자리에 가 누웠다. 엄마의 체취와 체온, 숨소리와 심장 소리를 더 채집해놓고 싶었지만, 막상 침대에 눕자 뒤늦게 취기가 올랐고 침대는 자꾸만 내 몸과 정신을 해제하는 듯했다. 나는 그 나른한 단절감이 나쁘지 않았다. 편안했고, 다음 날 엄마가 깨면 간밤에 무슨 꿈을 꾸었느냐고 물어보리라 다짐하기도 했다. 그러나…….

그러나, 다음 날은 오지 않았다.

엄마가 혼수상태에 빠진 건 바로 그날 새벽이었다.

✳

란미용실을 돌아 그 뒤로 걸어가자 숲이 시작됐다. 이국적인 침엽수가 양쪽으로 즐비하게 이어지는 숲이었다. 숲에는 눈이 날리고 있었고 뾰족한 나무 꼭대기는 초록색과 주황색, 그리고 보라색이 모두 섞인 신묘한 하늘과 이어졌다.

"세상에, 여기에 이런 데가 있었네."

곁에서 엄마가 중얼거렸다. 엄마는 무척 놀란 듯했다. 하긴, 그림엽서에서나 봤음 직한 키 큰 나무들과 광막한 하늘, 여러 빛깔의 구름은 엄마도 나처럼 처음 보는 광경일 테니까. 더욱이 이 숲은 그동안 엄마가 숱하게 오갔던 란미용실의 뒤편─낡은 주택들과 기다란 굴뚝이 있는 옛날식 목욕탕, 정육점과 철물점이 있던 곳에서 태연히 나타났으니 더더욱 놀랄 수밖에 없었을 터였다.

"진작 와볼걸. 이 좋은 데를 두고 통 모르고 살았으니 아까워서 어쩌니."
"……"
"다음엔 미연이네 식구랑 정미도 데리고 와야겠다. 정미 고것은 좋아 죽겠지, 꼬리가 아주 안 보이게 흔들어댈 거야."

엄마가 연이어 말했다. 엄마의 입에서 흘러나온
연한 입김이 내리는 눈송이 사이로 퍼져갔다. 그 입
김은 엄마의 장기와 피가 아직은 온전하게 움직이
고 있음을 증명하기에 나는 안도했다.
안도하고, 또 안도했다.

"북유럽이 이렇게 멋지려나? 스웨덴, 덴마
크, 뭐 그런 데 말이야."
"북유럽? 북유럽에 가보고 싶었어?"
"그러게, 북유럽이 어떤 데인지 보고 싶긴 했
나 보네. 테레비로 말고 내 눈으로."
"……."
"실은……."

실은, 이라고 말을 꺼낸 엄마가 잠시 뜸을 들이다
가 덧붙였다.

"죽기 전에 한 번은 가보면 좋겠다 싶었지."

나는 걸음을 멈췄다.

엄마가 일전에도 북유럽에 대해 말한 적이 있는지 떠올려보려 했지만 아무것도 기억나지 않았다. 미연이 결혼한 이후 부쩍 허전해하던 엄마를 위해 단둘이 해외여행을 가려 한 적은 있었다. 엄마는 무조건 좋다고 했다. 어디에 가든 며칠이나 가든 나와 함께라면 다 좋다고……. 사실 그때 내가 염두에 둔 여행지에 북유럽은 포함되어 있지도 않았다. 비교적 경비가 적게 드는 몇몇 아시아 국가들의 패키지 여행 상품을 알아보았는데, 결과적으로 그 어느 나라에도 엄마를 데려가지는 못했다. 전염병으로 촬영에 들어가는 영화가 대폭 줄면서 통장 잔고를 염려해야 하는 시기가 찾아왔으니까. 수입이 생겨도 여행은 계속 미루어졌는데, 핑계는 늘 준비되어 있긴 했다. 노트북이나 휴대전화를 바꿔야 해서, 아니면 내가 살던 서울의 오피스텔 전세금을 올려줘야 해서, 삼 년 터울로 태어난 조카들의 기념일을 챙기느라.

그리고, 그런 날이 왔다.

엄마가 두 딸을 불러 집과 식당 문서, 가입해놓은

보험과 연금 서류, 통장과 체크카드, 비밀번호를 적은 메모지와 인감도장을 하나하나 꺼내 보이며 설명한 날이 내 앞에 당도했던 것이다. 딸들이 영문을 몰라 당황해하자 그제야 엄마는 병원 진단서를 꺼내 보였다. 미연과 나는 엄마의 췌장에서 발견된 종양이 악성으로 판정됐으며 이미 전이도 시작되었다는 그 진단서를 머리를 맞댄 채 뚫어지게 내려다봤다. 마치 진단서가 아니라 풀어야 할 암호로 가득한 비밀문서라도 되는 양……

거실 창문을 통해 늦봄의 청량한 바람이 불어왔다.

미연이 먼저 울음을 터뜨렸고 뒤이어 내가 흐느꼈다. 엄마는 끝까지 울지 않았다.

"왜 진작 말 안 했어?"

몇 걸음 앞서가던 엄마를 단박에 따라잡고는 그렇게 묻자 엄마는 소리 없이 웃기만 했다.

"가고 싶은 데, 하고 싶고 먹고 싶은 거! 왜
말 안 하고 살았어? 왜!"

두 주먹을 꽉 쥔 채 나는 쓸데없이 큰 소리로 따지듯 다시 물었다.

"정연아."

부를 때, 엄마의 입김은 더 이상 흘러나오지 않았다.

"너는 이제 가."

나는 고개를 내저으며 엄마의 차가워 보이는 얼굴을 손으로 만지려 했고, 엄마는 이내 내게서 한 걸음 물러났다. 엄마의 얼굴이 멀었다.
멀어 보였다.

"나 혼자 어딜 가라고! 어떻게 가라고!"
"……."
"……."
"정연아."
"……."
"나 이제 그만하고 싶어."

"……."

"네가 혼자여서……."

"……."

"그래서 조금 더 버틴 거야, 너도."

"……."

"너도, 알고 있잖아."

"……."

벌어진 입이 다물어지지 않았다. 나는 엄마가 살고 싶어 한다고 늘 생각해왔으니까. 엄마 자신을 위해서 병원을 다니고 치료를 받은 거라고 믿었으니까. 실은 남겨질 사람들을 위해서 다만 버틴 것일 뿐, 대체 언제부터 엄마가 죽음에 투항한 상태였는지 나는 짐작도 할 수 없었다.

엄마는 천천히 돌아섰다. 그러곤 어느 순간부터 숲 안쪽을 향해 맹목적인 걸음으로 걸어가기 시작했다. 나는 아무런 발자국도 남지 않은, 엄마가 방금 지나간 눈 덮인 숲길을 내려다보는 것 외엔 할 수 있는 일이 없었다. 움직일 수 없어서였다. 입김도 발자국도 스스로 거두며 멀어져가는 엄마를 따라잡아야 한다는 내 생각을 비웃듯 놀라울 만큼 강한 힘이 나를 막고 있었다. 한 발짝만 떼면, 딱 한 걸음만 내디디면 그 순간부터 있는 힘껏 달려가 엄마를 붙잡을 수 있을 것만 같은데, 엄마를 붙잡게 된다면 눈도 멈추고 이 숲도 사라질 텐데, 그러면 엄마와 나는 정미가 기다리는 집으로 안전하게 돌아가게 될 텐데, 도무지…….

도무지, 그리되지 않았다.

멀어지는 엄마의 뒷모습이 노년의 여인이 아니라 성장기가 아직 끝나지 않은 소녀처럼 보인다고 생각한 순간, 천천히 눈이 떠졌다.

＊

야속하도록 정신이 맑았다.

침대 옆 의자에서 깨어난 나는, 입원실 창문 너머로 새벽의 대기를 고요히 채우고 있는 눈송이를 물끄러미 건너다봤다. 꿈속을 나부끼던 눈송이가 꿈과 현실 사이의 비물질적인 막膜을 통과해 흘러들어 오다가 부주의하게도 내게 들킨 것만 같았다. 엄

27

마는 천장을 향해 반듯이 누워 있었는데, 나는 엄마에게 다가가 그 얼굴을 확인하는 것이 두려웠다.

엄마가 혼수상태에 빠졌다는 소식에 바로 달려와 나와 번갈아 병실을 지켰던 미연은 조카들을 데려오기 위해 서울에 가고 없었다. 가지 않겠다는 미연을 가게 한 건 나였다. 지연이와 지훈이도 할머니에게 마지막 인사를 하고 싶을 거라는 말로 나는 미연을 설득했다. 엄마가 언제 깨어날지 알 수 없고 의사의 말대로라면 장례식까지 생각해야 하는 상황이니 아이들을 푹 재우고 오라는 말도 했던 기억이 났다. 미연이 아이들을 걱정하는 모습이 내 마음을 혼탁하게 한 데다 삼 일 동안 미연의 몸 안에 누적된 피로가 눈에 밟혀서이기도 했다. 제부는 장례식 때 연차휴가를 몰아 쓸 예정이어서 당장 병원으로 올 수 없는 상황이었다. 그는 뷔페식당의 동남아시아 음식 담당 요리사인데, 그 식당은 장례 휴가를 삼 일로 제한한다고 했다.

일단 의사든 간호사든 호출해야 했다. 아니면 미연에게라도 연락해야 하리라. 알면서도, 나는 보이지 않는 총구에 겨누어진 표적이라도 된 듯 꿈쩍도

하지 못했다.

아직 아무것도 실감 나지 않았다.

지난 두 달 동안 엄마 집에서 엄마를 보살피며 나는 엄마의 마지막 순간을 수없이 영상화하곤 했다. 내 마음 어딘가에 있을 편편한 벽에 영사되곤 했던 그 마지막 장면들엔 늘 절차가 있었다. 미연의 가족과 내가 둘러선 채 엄마와 한번씩 눈을 맞추고 서로의 얼굴을 쓰다듬어 주고 마음의 가장 밑바닥에 밀봉되었던 말들을 나누는 절차 같은…… 엄마가 의식이 없는 혼수상태에서 이 세상과 작별하는 장면은 내 마음속 극장에서는 단 한 번도 상영된 적 없었다.

투병의 시간이 떠올랐다.

작년 늦봄, 엄마가 미연과 내게 병명을 밝힌 그날 이후부터 엄마는 J읍과 서울을 오가며 항암치료와 방사선치료를 시작했지만 췌장 꼬리에서 시작됐다는 암 덩어리는 사라지지 않았고 수술 가능한 크기로 줄지도 않았다. 주로 내가 엄마와 함께 병원을 다녔다. 접수를 마친 뒤 대기실이나 복도에서 호명을 기다리던 시간, 대법관 앞의 피고인처럼 의사의 말 한마디 한마디에 집중했던 순간들, 이름도 기억나지 않는 수많은 검사와 그때마다 내가 서명해야 했던 보호자 동의서들, 보온병과 약봉지가 든 가방을 들고 엄마를 부축하며 병동을 돌아다녔던 날들, 집으로 돌아갈 때면 여지없이 목까지 차오르던 피로…… 그사이 엄마의 몸피는 자꾸만 줄어들었고 얼굴은 창백한 어둠으로 물들어갔다. 통증은 배와 허리와 등으로 옮겨 다니며 격화됐고 진통제의 양은 늘어갔으며 병원에 입원해 있는 날이 많아졌다. 엄마가 항암을 포함한 모든 치료를 포기하고 싶다는 의사를 밝힌 건 올해 9월이었다. 우리 자매가 말릴 틈도 없이 엄마는 이미 치료 중단과 관련된 서류도 작성한 상태였다. 엄마는 집에서 세상을 떠나고 싶다며 호스피스 병동 입소도 거부했는데, 엄마의 그런 선택들은 사실 애초에 타협이 불가능했다. 의사로부터 이제 남은 시간은 석 달 정도일 거라는 말을 들은 사람과 싸울 수는 없었으니까.

남은 문제는 간호였다. 내게는 편집 계약을 해놓은 몇 편의 영화가 있었고 미연에게는 양육해야 하는 아이들이 있었다. 미연과 나는 상의 끝에 가정

간병인을 채용했고 요양원을 통해 방문 간호사를 신청했다. 타인의 돌봄과 간호를 빌리는 데는 돈이 많이 들었다. 마이너스 통장을 개설한 뒤 사망보험금이 나오면 각자의 저축을 보태 그 빚을 갚는 방법을 우리는 선택했다. 합리화된 미안함을 공평하게 나눠 가지며. 그사이 가을은 깊어졌고 미연과 나는 틈틈이, 최선을 다해 시간을 내어 엄마를 보러 갔다. 함께 갈 때도 있었고 따로 움직일 때도 있었다. 제부와 조카들이 동행한 날도 여러 번 있었는데, 그어떤 날이든 돌아오는 길이 쓸쓸했다는 건 똑같았다.

그렇게 한 달여가 지난 어느 날, 나는 야근을 하고 귀가하는 전철 안에서 검은 한강 위로 미끄러지듯 활강하는 갈매기를 보았다. 바닷새가 거슬러 온한강의 저녁 풍경은 기묘하게 매혹적이었다. 갈매기는 인서트된 화면의 소품처럼 집요하게 내 시선을 끌었고 나는 접혀 있었던 세계의 한 페이지가 눈앞에서 펼쳐지는 것 같은 기분에 휩싸였다. 생애에 부착된 타이머가 제로를 향해 성실히 움직이는데도 엄마는 욕창 방지용 매트리스가 깔린 침대를 벗어날 수 없다는 것이, 그 어떤 뜻밖의 풍경도 더 이상 엄마의 것이 되지 못한다는 사실이 문득 나를 비참하게 했다.

그건, 내 탓이기도 했다.

바로 다음 날, 나는 나를 포함한 네 명의 팀원들을 데리고 영상 편집 회사를 꾸려온 영은 선배에게 전화를 걸었고 편집에 참여하고 있거나 참여 예정인 작품들에서 모두 하차하겠다는 뜻을 전했다. 근데 정연아, 지금 우니, 라고 그녀가 묻지 않았다면 나는 내가 사과를 거듭해도 부족한 상황에서 아이처럼 흐느끼고 있었다는 것조차 인지하지 못했을 것이다. 공포 때문이었을까. 그렇다면, 그 공포는 두 겹이었을 터이다. 엄마의 영원한 부재에 대한 공포이자 엄마가 떠난 뒤부터 반복될 내 외로움과 죄책감에 대한 공포…….. 영은 선배는 갑자기 일손에 공백이 생기는 것에 난처해하면서도 엄마가 떠나는 순간에 혼자 두고 싶지 않다는 내 말에 그래, 가, 가서 엄마 잘 보내드려, 후회 없이, 라고 말해주었다.

그런데, 그때 그 갈매기는 결국 어디로 갔을까.

생각하며, 나는 내 뺨을 때렸다. 처음엔 살짝, 두번째엔 제법 세게, 마지막엔 뺨이 얼얼할 정도로.

정신을 차려야 했다. 정신 차리고 엄마를 배웅하는 자리를 어서 준비해야 했다.

미연에게 전화를 했다.

엄마 갔어, 라고 말하는데 그제야 눈물이 쏟아지기 시작했다. 마치 그 말을 함으로써 엄마의 부재를 실감하는 마음의 공간이 확보되었다는 듯이……

눈물의 감촉은 따뜻했다.

배신감이 느껴질 정도의 온기였다.

✳

장례식은 순조로웠다.

외삼촌과 이모들, 그들의 가족, 란미용실을 중심으로 엄마와 일상과 음식을 나누었던 동네 사람들, J읍의 성당에서 엄마가 사귄 친구들, 오랫동안 엄마와 기사식당을 함께 운영했던 동업자 아주머니와 그 시절의 직원 몇 명, 미연과 제부의 손님들, 간병인과 방문 간호사님, 그리고 내 손님—영은 선배와 회사 사람들, 함께 일한 적 있는 영화 제작사 직원들, 대학 친구들이 빈소까지 먼 걸음을 해주었고 그들 모두 넘칠 만큼 충분히 조의와 애도를 표해주었다. 음식은 동나기 전에 다시 채워졌고 장례 미사는 엄숙하게 치러졌으며 제부와 제부의 친구들 덕분에 운구나 발인에 필요한 인력도 금세 채워졌다.

아니, 순조롭지 않은 순간도 있었다.

세 명의 이모들이 너희 아버지는 오는 거냐며 번갈아 물어올 때면 미연과 나는 그 사람에게는 연락할 생각조차 하지 않았고 연락처도 모른다고 대꾸했는데 그때마다 급속도로 냉랭해지는 주변 온도를 견뎌야 했던 순간, 둘째 이모부가 사망보험금의 액수를 묻고는 미연과 내가 반응을 보이지 않자 큰돈 생기면 형제들과도 나누는 게 도리라고 말했던 순간, 그런 이모부의 팔을 붙잡고는 빈소 밖으로 끌고 나가던 이모의 부쩍 늙은 얼굴을 지켜봐야 했던 순간, 엄마 제사는 우리 자매가 알아서 치르겠다는 말에 잘했네, 잘했다, 대꾸했다가 마음은 또 약해서 아무리 그래도 우리 명순이한테 일 년에 한 번은 나 혼자라도 술 따르러 올 테니 말리지 말라고 울먹이는 외삼촌과 마주 앉아 있어야 했던 순간, 효녀라고, 요즘 세상에 병든 엄마 외면하지 않고 간호하는 딸이 어디 있느냐고, 너희 엄마는 호사를 누렸다고, 자신은 딸이 없어 그게 참 부럽다고, 딸 낳지 않은 걸 너희 엄마 보며 난생처음 후회했다고 질리도록 길게 말을 늘어놓던 엄마의 동네 지인을 응대해야 했던 순간, 그 지인에게 내가 엄마를 간호한 시간은 고작 두 달이었고 엄마가 혼수상태에 빠졌던 날에도 술을 마셨다는 말을 하지 못한 채 우물쭈물했던 순간과 그 순간을 곱씹어야 했던 그 후의 순간들, 그런 소란들…….

삼 일은 길고도 짧게 지나갔다.

발인과 화장 절차까지 마친 뒤, 미연네 가족과 나는 유골함을 들고 엄마 집으로 갔다. 제부의 승용차를 본 정미는 꼬리를 세차게 흔들며 우리를 반겼지만 엄마가 보이지 않자 끙끙 앓는 소리를 내며 대문 쪽을 주시했다. 그 순간, 절연의 의미를 몰라도 되는 정미가 나는 질투가 날 정도로 부러웠다.

옷을 갈아입고 나와서 정미와 길고양이들의 빈 그릇들을 새로 채워주는 동안 일곱 살 지연과 네 살 지훈은 나를 따라다니며 그릇이니 사료니 하는 것을 구경했다. 고양이들에게 이름이 있는지, 언제 밥

을 먹으러 오는지, 몇 마리나 이 근처에 살고 있고
그중에 가족도 있는지 이것저것 묻던 아이들은 막
상 노란색과 흰색이 섞인 아주 큰 고양이 한 마리가
획 지나가자 겁먹은 듯 꼼짝도 하지 못했다. 마루에
서 미연은 뚜껑이 있는 청색 사기그릇과 미색 보자
기, 방수포 같은 걸 가방에서 꺼내는 중이었다. 사
기그릇은 미연이 유명한 도자기 공방을 돌아다니
며 고심 끝에 고른 것이라고 들었다. 나는 아이들에
게 고양이가 나타나면 나눠주라며 간식을 건넨 뒤
미연 곁으로 가 앉았다.

"준비됐어?"

내가 묻자, 미연이 가만히 고개를 끄덕였다.

우리가 치러야 하는 또 다른 장례가 이제 곧 시작
될 터였다.

엄마는 항암치료를 받을 때부터 자신의 골분을
납골당에 두지 말고 집 마당에 묻어달라고 꾸준히
말해왔다. 흙으로 돌아가고 싶다고, 빗물에 녹고 벌
레가 먹어 결국엔 거름이 되면 좋겠다고, 이 세상에
두 딸 외에는 아무것도 남기고 싶지 않다고 했다.
엄마의 그 당부는 너무도 짙고 깊은 허무와 연결되

어 있어서 나는 엄마가 실은 우울증을 앓았던가, 생각해본 적도 있었다. 중요한 건 그 당부가 엄마가 우리 자매에게 남긴 유일한 유언이나 다름없다는 것이었다. 엄마를 먼 납골당에 혼자 두는 건 미연과 나도 바라지 않았지만, 그렇다고 엄마의 살과 피가 응축된 골분을 묘비나 관도 없이 마당에 몽땅 묻을 수는 없었다. 결국 우리는 엄마의 골분 일부는 엄마 뜻대로 마당에 묻되 나머지는 각자의 공간에 두어 엄마와 함께 지내기로 합의하게 됐는데, 그 합의에 도달하기까지 우리에게는 일 년의 시간이 필요했다.

미연이 유골함에서 골분 절반을 덜어낸 뒤 그중 일부는 방수포에, 나머지는 자신이 가져온 사기그릇에 담았다. 나는 미연 곁에서 바람막이를 만들어주었고 미연의 손이 떨리지 않도록 잡아주기도 했다. 사기그릇은 보자기에 싸인 채 미연네 집으로 갈 것이고 유골함은 이 집에 남아 있다가 내가 이곳을 떠나는 날에 정미와 함께 내게 귀속될 터였다.

미연과 나는 방수포에 덜어낸 골분을 들고 마당으로 나갔다.

엄마의 집은 칼국수 식당과 식당 뒤편 안채가

ㄱ자로 연결된 구조였는데 식당과 안채 사이의 빈
터, 그러니까 길가에서는 보이지 않는 뒤뜰을 엄마
는 마당으로 삼고 꾸준히 가꾸어왔다. 안채의 마루
엔 마당 쪽으로 나 있는 미닫이문이 설치되어 있어
서 안채에는 현관문이 따로 없었고, 대신 신발을 벗
어놓을 수 있는 섬돌이 있었다.

엄마가 고향인 J읍으로 내려와 살기 시작한 건,
미연이 대학 졸업과 함께 취업을 한 이후였다. 할
만큼 했으니 이제 내 마음대로 살아보겠다고 엄마
가 선언했던 십 년 전, 미연과 나는 기꺼이 엄마의
새로운 시작을 지지했다. 그 전까지 엄마는 인천에
서 동업자 아주머니와 기사식당을 운영했는데, 그
근방에서는 꽤 유명한 식당이었다. 엄마가 혼자 힘
으로 J읍에 내려와 집을 구매하고 수리한 뒤 칼국수
식당까지 연 건 두 딸과 살았던 집을 처분해서이기
도 했지만, 동업자에게 식당 지분을 넘기면서 받은
돈이 큰 도움이 됐기 때문이다. 엄마는 매사에 그렇
듯 독립적이고 분명했는데, 미연과 내가 용돈을 챙
겨줄 때면 거절하는 법 없이 담백하게 받는 사람이
기도 했다.

마당은 아담한 모과나무와 고추니 무청을 말리기에 좋은 평상, 빨래 건조대와 크고 작은 화분들, 꽃삽과 호미, 물조리개처럼 식물을 위한 물건들, 큰 조카가 내려올 때마다 즐겨 타는 아동용 자전거, 엄마가 아프면서 내내 비어 있게 된 항아리 같은 것으로 채워져 있었다.

모과나무 아래, 우리는 그곳에 엄마를 묻기로 했다.

나무 아래라면 뜨거운 햇빛과 비를 피하기 좋고 다른 곳보다는 실수로 밟고 지나갈 가능성도 낮았다. 더욱이 엄마는 모과나무를 아꼈다. 다홍색 모과꽃이 피면 휴대전화로 틈틈이 사진을 찍어 딸들과 주변 사람들에게 전송했고, 모과가 익으면 혜란 아주머니와 동네 친구 몇 명을 불러 수확한 뒤 모과청과 모과주를 담가 나눠 가졌다.

미연과 나는 엄마가 쓰던 호미를 들고 쭈그리고 앉아 단단하게 굳은 눈을 훑어낸 뒤 땅을 파기 시작했다. 땅이 얼어 있어 호미를 내리찍을 때마다 손가락 끝까지 얼얼한 기운이 전달됐다. 관리 차원에서 유골함 전체를 납골당에 보관하자 했던 제부는 처음엔 한발 떨어져 아내와 처형의 행동을 못마땅한

눈빛으로 구경하다가 이내 어딘가에서 삽 하나를 구해 오더니 땅 파는 일에 동참했다.

미연이 땅을 파낸 곳에 방수포를 조심스럽게 내려놓았다. 방수포는 일시적인 보호막일 뿐 금세 부패하여 골분과 함께 천천히 흙에 스며들 테지만, 그리고 그것이 엄마가 원한 바였지만, 그래도 우리는 엄마가 너무 빨리, 너무 쉽게 흙이 되는 건 바라지 않았다.

미연이 방수포 위에 떨어진 흙을 쓸어냈다. 진지하다 못해 근엄해 보이기까지 한 얼굴로, 헝클어진 머리칼이 눈을 찌르는데도 아랑곳하지 않은 채, 미연은 그 일에 온 정신을 집중했다. 어차피 흙에 묻힐 거라고, 그만하라고, 나는 미연의 손을 잡으며 속삭였고 그제야 미연은 텅 빈 눈으로 나를 한번 본 다음 뒤로 물러났다.

작고 둥근 봉분을 만드는 건 제부가, 장례식장에서 챙겨 온 국화 몇 송이로 봉분 주변을 장식하는 건 내가 맡아했다. 어느새 곁으로 다가온 정미가 시무룩한 얼굴로 봉분 주위를 돌다가 몸을 납작 엎드렸다.

엄마의 일부가 묻혔다.

칠십일 년 동안 엄마의 몸 안에 축적된 시간과 지상에는 더 이상 흔적을 남기지 못할 미래의 시간까지 함께 묻혔다. 엄마의 삶에서 일어난 크고 작은 사건들과 인연을 맺었던 수많은 사람들에 대한 기억이, 미완성된 역사가, 하지 못한 말과 가보지 못한 곳, 끝내 이루지 못한 일들까지⋯⋯.

미연 부부와 나는 오래오래 묵념했다.

묵념 뒤 고개를 들었을 때 묽은 어둠이 스민 대기가 머리 위까지 내려와 있었다.

동지冬至의 긴 밤이 곧 시작될 터였다.

＊

미연네는 자고 가기로 했다. 지연과 지훈은 내가 쓰던 작은 방에서 이미 곤히 잠들어 있었다. 하루 종일 식사다운 식사를 하지 못했으므로 뭔가를 먹긴 해야 했지만 우리에게는 식탁을 차릴 힘이 남아 있지 않았다. 내가 전화로 중국 음식을 주문하는 동안, 미연은 냉장고에서 맥주와 소주를 꺼내 식탁에 올려놓았다. 그런 미연을 보자 너 지금 술 냄새 나,

말하며 장난스럽게 웃던 엄마의 얼굴이 자동으로 떠올랐다. 그러고 보니 엄마는 미연과 달리 내가 술 마시는 걸 싫어하지 않았고, 크게 나무란 적도 없었다.

이 집에 내려온 뒤부터 나는 거의 매일 술을 마셨다. 밤과 새벽 사이에 한 잔 두 잔 마시고 있노라면 미연이 전화를 걸어올 때가 있었는데, 미연은 내가 아무리 조심스럽게 소주니 맥주를 들이켜도 내 목울대를 지나가는 액체의 정체를 단박에 알아채곤 했다. 매일 마시지만 말라고, 그거 하나만 지켜달라고, 그때마다 미연은 당부했다. 매일 안 마실게, 약속해, 대답했지만 내 마음의 서랍 어디에도 그 약속을 지킬 의지는 담겨 있지 않았다.

"나는 언니가 걱정돼."

통화를 끝내기 전, 미연은 그런 말을 남기기도 했다. 미연은 알까. 나는 언니가 걱정돼, 라고 말할 때 그 말의 뒤편은 아무도 없는 활주로 같다는 걸, 텅 빈 활주로에서 오지 않을 비행기를 기다리는 심정에 대해서도, 미연은 결코 알 수 없을 터였다. 미연의 걱정이 어째서 날 더 외롭게 하는지, 사실 그건 나 역시 알지 못한다.

제부가 눈치껏 유리잔에 맥주와 소주를 적절히 타서 미연과 내게 건넸다. 소주가 섞인 맥주를 두 잔 정도 비울 즈음 중국 음식이 배달됐다.

조도가 낮은 전등 아래서 어른 세 명은 말없이 음식을 먹고 유리잔에 담긴 술을 마셨다. 식탁 구석에는 미연이 서울로 가져갈 사기그릇이 놓여 있었는데, 나는 엄마의 영혼이 사기그릇 밖으로 흘러나와 우리 세 사람을 굽어보는 모습을 상상하는 게 좋았다. 홀로그램처럼, 혹은 한 줄기 가느다란 연기처럼. 마침 잠에서 깬 지훈이 눈을 비비며 방에서 나왔다. 미연이 지훈을 안은 채 엉덩이를 도닥이며 왜 깼어, 우리 아가, 라고 물었는데 그 목소리는 잔잔한 물결인 양 겹겹의 동심원을 이루며 내게로까지 번져왔다.

지훈이 자장면에 관심을 보이자 제부가 면 몇 가닥을 젓가락으로 작게 말아 지훈의 입에 넣어주었다. 맞은편에서 남편과 아들을 건너다보는 미연의 얼굴이 한순간 안온히 이완됐다. 미연네 가족이 떠난 뒤 식탁에 앉을 때면 이 장면이 자주 기억나리란 걸 나는 알 수 있었다. 미연의 애틋한 시선으로 봉

합될 장면이었다.

자정 무렵, 제부는 꾸벅꾸벅 조는 지훈을 데리고 작은방으로 들어갔고 나와 미연은 서로의 졸린 눈을 보면서도 엄마 이야기를 계속했다. 멈출 수가 없었다. 우리가 엄마 이야기를 멈추지 않는 한 엄마의 영혼은 아직 이 지상에 발이 묶여 있을 것만 같았으니까. 어떻게든 엄마의 흔적을 더 느끼고 싶었고, 그것이 우리의 의무란 걸 미연과 나는 암묵적으로 동의하고 있었다.

"참, 엄마가 혼수상태에 빠지기 전에 마지막으로 할머니 꿈을 꾼 것 같아."

"그래? 그걸 어떻게 알아?"

"엄마, 그렇게 세 번 불렀고 마지막으로 부를 땐 조금 우셨어."

"할머니가 마중을 나오셨나 보네. 다행이다. 엄마, 덜 무서웠겠다."

미연이 술잔을 들여다보며 꾹꾹 누른 목소리로 말했고, 나는 가만히 고개를 끄덕였다.

외할머니는 내가 고등학생 때 돌아가셨다. 전국에 한파주의보가 발령된 그날, 나는 울면서 기말고

사를 치른 뒤 퉁퉁 부은 눈으로 난생처음 혼자 고속
버스를 탔다. 빈소가 마련된 할머니 집에 도착한 건
밤이 다 되어서였다. 편하게 택시를 이용하는 건 죄
를 짓는 것만 같아 터미널에서 시내버스를 탔는데,
환승해야 하는 정류장에서 제대로 내리지 못해 시
간이 지체됐던 것이다. 엄마를 따라 전날부터 할머
니 집에 와 있던 미연은 나를 발견하자마자 쪼르르
달려와 반겨주었지만 엄마는 나와 시선이 마주쳐
도 알은체는커녕 내내 무서울 만큼 냉담한 표정을
짓고 있었다. 엄마가 차라리 솔직하게 날 나무랐다
면 나도 지지 않고 온 힘을 다해 따졌을 것이다. 대
학 입시를 일 년 앞두고 영점 처리되는 성적표를 받
을 수는 없다고, 왜냐하면 내가 내 힘으로 정당하게
쟁취할 수 있는 건 성적뿐이니까, 그마저 불가능하
다면 나는 대체 왜 살아 있는 거냐고, 그렇게 따질
생각이었다.

겁이 났던 건 아닐까.

이제야 나는 그때의 엄마 얼굴에서 다른 해석도
가능하다는 걸 깨닫는다. 그러니까 나를 바라보던
그 냉담했던 표정은 그저 엄마 없이 남은 삶을 살아

야 한다는 현실에 겁이 나서 저절로 표출된 건 아니
었을까, 이제 나는 어쩌지, 라고 묻고 싶은 마음은
아니었던가, 지금의 나처럼, 그런 해석이…… 리버
스 숏reverse shot처럼 엄마의 시점으로 그 장면을 재
구성한다면, 그날 엄마는 내가 할머니 집에 늦게 도
착했다는 걸 의식조차 하지 못한 채 그저 텅 빈 눈
으로 나를 보았을지 모르는 것이다. 두 딸의 가장이
긴 했지만 그때 엄마는 사십 대 중반으로 지금의 내
나이와 큰 차이가 없었다. 어떤 나이든 고아가 된다
는 건 무섭도록 외로운 일이리라.

내 꿈도 화제에 올랐다. 미연은 그 꿈이 실제로
일어난 일인 양 엄마가 정말 북유럽에 가고 싶어 했
을까, 라고 눈을 동그랗게 뜬 채 내게 물었고, 어린
동생이던 시절의 미연을 떠올리게 하는 그 천진한
표정이 재미있어서 나는 장례식 이후 처음으로 웃
고 말았다.

"그러고 보니……."

"……."

"엄마한테 어디 가고 싶은지, 뭘 구경하고 싶은
지 제대로 물은 적이 없네. 알려 하지 않았어."

미연의 말에 나는 대답할 말이 없어 괜히 술만 더 따라 마셨다. 꿈의 마지막 장면, 아직 성인이 되지 못한 모습으로 그 추운 숲길을 혼자 걸어가던 엄마의 뒷모습이 머릿속에서 자꾸 소환되어서이기도 했다. 단지 꿈이란 걸 알면서도, 어린 엄마가 감당했을 숲의 추위가 나는 걱정됐다.

술을 잘 마시지 못하는 미연은 쌓인 피로에 술기운까지 겹쳐서인지 어느새 벽에 머리를 기대고 있었다. 소파로 이끌어 눕힌 뒤 담요를 덮어주자 미연은 무슨 말인가를 우물거리다가 그대로 잠이 들었다.

나는 아무도 깨지 않도록 조심스럽게 외투를 챙겨 입고는 정미와 함께 외출 준비를 했다. 섬돌 구석에 놓인 엄마의 회색 털신을 발견했을 때는 운동화 대신 그걸 신었다. 조각배처럼 앞코가 뾰족한 털신은 내 발에는 조금 작았지만, 대신 따뜻했다. 작고 따뜻한 조각배가 내 몸을 싣고 앞으로, 계속 앞으로만 나아갔다. 며칠 만에 산책을 하게 된 정미는 앞발을 들고 꼬리를 흔들며 제 몫의 기쁨을 감추지 않았다. 한참을 앞질러 달려가던 정미는 나와의 거리가 두 블록 정도 멀어지자 다시 내게로 왔고 나는 들고 나온 목줄을 정미의 목에 채웠다.

경기도에 소속되어 있지만 강원도와 산 하나를 두고 연결된 J읍은 어디에 서 있든 산의 실루엣이 보였고 주변에 호수와 천이 있어서인지 안개가 자주 꼈다. 오늘도 안개는 짙었고 안개를 흡수한 어둠은 우주의 한 조각인 양 무겁고 적요했다. 무서웠지만, 정미와 연결된 목줄의 감촉과 가깝거나 멀리 있는 산의 실루엣, 그곳이 어디인지 알 수 없는 곳으로 이주하고 있는 밤의 뿌연 구름, 둥지를 찾아가는 새들의 울음소리와 끊임없이 이어지는 물소리가 내가 아직은 완전히 혼자가 아니라는 것을 일깨워주었다.

그 힘으로 나는 걸을 수 있었다.

란미용실은 당연히 불이 꺼져 있었다. 나는 미용실 앞에서 걸음을 멈춘 채 엄마가 지금 즈음 도달했을 생애의 뒤편은 어떤 풍경일지 가늠해봤다. 정미가 나를 올려다보며 컹, 컹, 높은 음으로 짖어 그제야 정미 쪽을 내려다보니 어둠 속에서 정미의 눈동자가 유독 환하게 빛나 보였다. 나는 한쪽 무릎을 접고 앉아 정미의 목덜미에 내 뺨을 부볐다. 나를

48

붙잡아달라는 듯이, 숲과 그 숲에서 나와 함께 발을 맞추며 걸었던 엄마가 다시 내 앞에 나타나기를 바랐던 그 무모한 소망을 깨뜨려달라는 듯이, 감촉으로, 이토록 따뜻하고 부드러운 감촉으로 내가 있는 곳은 그저 현생일 뿐이란 걸 알려달라는 듯이······.

정미를 데리고 갔던 길을 되돌아오자 엄마의 집은 이미 잠든 네 사람의 숨결로 반죽처럼 부풀어 있었다. 나는 정미의 발바닥을 수건으로 닦아준 뒤 벗은 털신을 섬돌에 가지런히 두었고, 쪼그리고 앉은 채 내가 방금 하선한 조각배 안을 오래오래 들여다봤다.

다음 날, 미연네 가족은 떠났다.

그들을 배웅하는 길에도 나는 엄마의 털신을 신었는데, 조카들은 그림책에서 마녀가 신은 털신과 똑같다며 깔깔 웃었고 그 웃음은 금세 어른들에게 전염됐다. 미연만은 웃으면서도 근심을 완전히 거두지 못한 얼굴이었는데, 날 이곳에 혼자 두고 가는 게 마음에 걸려서였을 것이다. 엄마 집에 남기로 한 건 이번에도 내 선택이었다. 명분이 있긴 했다. 식당과 집을 어떻게 할지 미연과 나는 아직 결정하지 못한 것이다. 언젠가는 일정 액수의 돈을 받고 타인에게 양도하게 되겠지만 그때를 확정하고 싶지 않았고 엄마와 관련된 일에 처분이니 정리니 하는 단어를 사용하고 싶지도 않았다. 더욱이 내게는 시간이 필요했다. 사람들에게 엄마가 떠났다는 말을 담담히 전할 수 있을 만큼, 슬픔을 여과하는 마음의 근육과 뼈가 만들어질 만큼, 그만큼의 시간이……

나는 미연네 가족을 태운 회색 승용차가 시야에서 완전히 사라질 때까지 한자리에 서서 손을 흔들었다. 곁에서 정미가 아쉬움의 하울링을 하자 동네의 다른 개들이 함께 짖었다. 찬바람이 살갗을 뚫고 뼛속으로 스며든다고 느끼고 나서야 나는 정미를 데리고 모두가 떠난 빈집 쪽으로 몸을 돌렸다.

길이 멀게 느껴졌다.

∗

나 혼자 남은 엄마 집에서 하루하루는 규칙이나 루틴 없이 뒤죽박죽 지나갔다.

배가 고프면 미연이 사놓고 간 라면을 끓여 먹거

나 조카들이 먹다 남긴 빵을 뜯어 먹었고 갈아입을 속옷이 없으면 그제야 빨래를 했으며 씻어놓은 컵이 없어 물을 마시지 못할 때만 설거지를 하는 식이었다. 그야말로 최소한의 관심과 움직임으로 정미의 끼니를 챙겼고, 길고양이들이 우는 소리가 들려오면 간신히 자리에서 일어나 빈 그릇들에 사료와 물을 채워주었다. 낮에도 술을 마시기 시작하면서 잠이 늘었는데, 나는 잠이 좋았다. 취한 채 현실과 완전히 단절된 잠 속에 빠져들면 그때는 아무것도 생각하지 않아도 됐으니까. 그 무엇도 느낄 필요가 없었으니까. 때로는, 잠이 끔찍하게 싫기도 했다. 엄밀히 말하면 잠과 잠 사이, 잠이 길고 깊을수록 점점 더 명료해지는 깨어 있는 시간이⋯⋯. 그때는 무얼 해야 하는지 도무지 알 수 없었다. 알 수 없어서, 작은 향로와 엄마 사진, 유골함을 둔 마루 장식장 앞에서 몸을 웅크린 채 오래오래 울었다.

미연네가 떠나고 일주일이 지난 뒤에야 나는 외출을 시도하게 됐다. 술이 떨어져서였는데, 산책을 나가는 줄 알았는지 정미가 벌떡 일어나더니 목줄을 입에 물고 나타났다. 정미에게는 나와 단둘이 집

안에 갇혀 있었던 일주일이 형벌이나 다름없었다는 걸, 그제야 나는 천천히 깨달았다. 정미는 잘못한 것이 없는데도 잘못을 찾아내기 위해 괴로워했으리라. 오랜만에 정미의 털을 빗겨주는데 문득 그런 생각이 들었다. 엄마가 정식으로 유언을 남겼다면 정미와 길고양이들을 굶기지 않고 보살피는 일이 포함되었을 거라고…….

정미를 위해서라도 외출은 필요했다.

섬돌에서 엄마의 그 회색 털신을 찾아 신은 뒤부터는 정미가 이끄는 대로 나는 걸었다. 정미는 진한 입김을 내뱉으며 신나게 앞장을 섰고 갈림길이 나타나면 한 치의 망설임 없이 단 하나의 길을 선택했다. 어쩌면 정미야말로 엄마의 유언을 행동으로 옮기고 있는 것이 아닐까, 나는 생각했다. 돌이켜보면 외출하지 않은 그 일주일 동안에도 정미가 있어 나는 조금이라도 더 움직일 수 있었고 지금도 정미 덕분에 산책을 하고 있는 것이다. 엄마가 정미의 털을 빗겨주거나 머리를 쓰다듬으며 남겼을 그 유언은 나를 움직이게 하라는 것, 집 밖으로 나가게 하고 사람을 만나게 하라는 것, 그런 것이었을 터이다.

크고 작은 주택들과 식당들, 논밭과 학교, 크리스마스트리가 정문에 놓인 교회와 마당에 큰 느티나무가 있는 마을회관을 차례로 지나가는 동안 빈집과 폐건물, 찢긴 차광막이 아무렇게나 덮여 있는 비닐하우스, 버려진 농기구니 농약병 같은 것이 점점 더 잦게 눈앞에 나타났다. 물소리가 선명해지고 산들이 가까워져 보일 무렵, 정미가 걸음을 멈췄다. 작은 천이 내려다보이는 낮은 둑길이었다. 엄마가 정미를 데리고 자주 다녔던 산책 코스를 나는 저절로 알게 된 셈이었다.

몸을 수그려 정미의 목줄 고리를 풀어주었다. 정미는 한참을 멀리 뛰어갔다가 내게로 돌아왔고 돌아온 뒤엔 여기저기에 코를 들이밀며 냄새를 수집했다. 천의 가장자리는 백색의 얼음으로, 그 안쪽은 투명한 얼음으로 결빙되어 있었다. 얼음에 뒤덮여 있는데도 맑은 음색의 물소리가 계속해서 들려온다는 게 신기했다. 얼음 아래에서 성실히 소리를 만드는 소인국의 일꾼들을 상상하며 나는 한참 동안 물소리에 귀를 기울였다. 겨울의 낮은 짧았다. 여기저기 군락을 이룬 갈대, 어딘가에서 왔다가 어딘가로 날아가는 새들, 아무도 밟지 않은 눈이 그대로 쌓여 있는 돌과 바위를 나는 눈에 담았고 어두워지기 전, 정미를 데리고 발길을 돌렸다.

집으로 가는 길, 란미용실과 멀지 않은 금성슈퍼에 들러 맥주와 소주를 한가득 샀다. 금성슈퍼는 정미식당에서 가장 가까운 상점이니 엄마가 고무장갑이나 세제, 락스 같은 것을 구매한 곳일 터였다. 술만 잔뜩 사 가는 정미식당 딸이 사람들 입에 오르내릴까 봐 햇반과 두부, 계란도 계산대에 올려놓았는데 싱겁게도 슈퍼마켓 주인 할머니는 나뿐 아니라 내가 구매한 것들에 아무런 관심을 보이지 않았다. 불룩해진 에코백을 메고 슈퍼마켓에서 나와 집을 향해 터벅터벅 걸어가자 오래전부터 문을 잠가놓은 정미식당 유리문이 새삼 눈에 들어왔다. 언제부터 저곳에 붙어 있었는지 알 수 없는 노란색 메모지 때문이었다. 나는 유리문 쪽으로 걸어가 귀퉁이마다 테이핑된 메모지를 들여다봤다.

건강하시죠?
정미 집이 완성됐으니 언제든 전화 주세요.

메모지에는 그렇게 두 줄의 문장이 적혀 있었다.

2부

대
한

大
寒

목공소는 주거지와 비주거지의 경계에 있었다.

그러니까, 조명이 흥건하고 음식 냄새가 퍼져 있고 사람들의 목소리가 여기저기서 들려오는 구역과 인적이 뜸하고 빈집이 흔해지고 버려진 개들이 어슬렁거리는 구역 사이에 목공소는 위치해 있었다.

한눈에 목공소를 알아보지는 못했다. 목공소는 주황색 슬레이트 지붕을 얹은 평범한 2층짜리 농가였는데, 입구로 이어지는 좁은 길은 포장되어 있지 않았고 간판은 따로 없었다. 앞마당에 쌓인 나무토막과 판자 더미를 보지 못했다면 나는 그곳이 전화로 전해 들은 목공소라는 것을 전혀 인지하지 못한 채 무심히 지나쳤을 게 분명하다.

　지난 이틀 동안 노란색 메모지에 적힌 문장들의 출처를 알 수 없어 나는 답답했다. 엄마의 휴대전화에서 문자와 카카오톡 메시지를 뒤져봤지만 정미 집과 관련된 내용은 없었고, 엄마가 일정을 적어놓던 탁상 달력과 가계부에도 정미 집을 주문했다는 메모는 적혀 있지 않았다. 건강하시죠, 라고 묻고는 따로 전화번호도 남기지 않고 아무 때나 전화를 부탁하는 사람, 그 정도면 엄마와 친분이 있는 사이라고 유추할 만했지만 그런 사람이 엄마의 죽음을 전해 듣지 못했을 리 없다고 생각하면 다시 혼란스러웠다.

　내가 마지막으로 생각해낸 건 지도 어플이었다. 지도 어플을 통해 집에서 1.6킬로미터 떨어진 곳에 '숨'이라는 이름의 목공소가 있다는 걸 알게 되었을 때나 어플에 떠 있는 전화번호를 누르자 잠시 뒤 통화가 연결되면서 '목공숍니다'라는 목소리를 듣게 됐을 때도, 나는 여전히 모든 것이 의심스럽기만 했다. 근처 스키장에 놀러 온 외지인들이 J읍까지 흘러들어 와 식사를 해결하고 가는 경우가 종종 있긴 했지만, 어쨌든 J읍은 명백하게 농촌이었고 거주하는 주민 대부분은 장년층 이상이었다. 혜란 아주머니나 란미용실 손님들, 그 외에도 산책하며 마주쳤던 노인들이 손으로 만든 가구나 소품을 기성품보다 비싼 가격에 구매하는 일은 없을 것만 같았다.

"10월 초쯤에요. 그때 열흘 안에 완성할 수 있다고 해놓고는 서울에서 목공 수업 하나를 맡게 돼 계속 왔다 갔다 하느라……. 몇 번 전화를 드렸는데 안 받으시더라고요."

정미식당이라고 밝힌 뒤 엄마가 언제 정미 집을 주문했는지 묻자 그런 대답이 돌아왔다. 일 년 전부터 정미식당에서 여러 번 칼국수를 먹었다고, 단골이 되고 싶었지만 간헐적으로 문을 여는 식당이라 아쉬웠다고, 오가다 식당 문이 열려 있는 걸 보면 식사 때가 아니어도 일단 들어가곤 했다고, 숨의 대표는 천천히 말을 이어갔다. 엄마가 지난 일 년 동안 미연과 나 몰래 틈틈이 식당 문을 열어놓았다는 걸 나는 이제야 알게 된 셈이다. 검사와 검사 사이, 항암치료와 방사능치료 사이, 퇴원과 입원 사이, 그 사이에 엄마는 쉬지 않고 반죽을 하고 밀대로 밀어

국수를 끓인 것이다.

"그날은 사장님이 먼저 전화 주셨어요. 바로 달려갔더니 테이블에 벌써 칼국수니 반찬이니 다 놓여 있더라고요. 그러고 보니 그게 정미식당에서의 마지막 식사였네요."

작년 10월 초라면 엄마가 더 이상의 치료를 중단한 채 J읍으로 내려와 있던 시기로 내가 아직 서울에 머물 때였다. 그 무렵 엄마는 대체 무슨 힘으로 국수를 삶고 수저와 물컵을 세팅하고 반찬을 내놓은 것일까.

"사장님은 좀 어떠세요? 별일, 없는 거죠?"

그가 물었다. 휴대전화 너머에서 전해지는 걱정과 불안이 내 마음을 헝클였지만, 잠시 뒤 나는 엄마의 부고를 알릴 수밖에 없었다.

침묵이 흘렀다.

침묵 끝에서 그는, 늦은 명복을 빌어주었고 언제든 편할 때 방문하면 된다는 말을 남겼다.

목공소의 현관문은 열려 있었지만 안에도 사람은 없는 듯했다. 현관으로 이어지는 계단을 오르내리며 전화를 해볼까, 생각하는데 정미식당이냐고 묻는 목소리가 들려왔고 나는 천천히 뒤를 돌아봤다.

가슴에서 무릎까지 내려오는 갈색 앞치마를 두른 중키의 남자가 계단 아래에 있었다.

올려다보고 내려다보는 위치에서 우리는 이영준입니다, 박정연이에요, 라고 인사를 나누었다. 그는 곧 현관문 안으로 나를 안내했다. 1층은 공간 분리 없이 전체가 큰 작업장이었는데, 목공 기계가 커서 벽을 다 허물 수밖에 없었다고 그가 곁에서 일러주었다.

나는 우두커니 선 채 절단과 접합, 박공에 특화된 듯 보이는 기계들과 아직 미완성된 작은 가구들—칸막이가 없는 삼단짜리 책장이라든지 다리와 등받이가 분리된 의자들을 훑어봤다. 목장갑과 대패, 오일병과 눈금자 같은 것이 여기저기 흩어져 있는 기다란 테이블에서 끌과 노끈, 망치와 톱이 키에 맞춰 걸려 있는 벽면, 그 벽면과 이어진 커다란 창문, 다시 1층 바닥 전체에 깔린 톱밥과 나무껍질로 내 시선은 이동해갔다. 야심이 없는 공간……. 목공소에 대한 나의 첫인상은 그랬다. 야심이 없는 사람이 야심 없이 이룩해놓은 곳, 어쩌면 목공소 안에 엷게 퍼져 있는 나무의 순한 냄새 때문에 그런 인상을 받았던 건지도 모르겠다. 오기도 원한도 없이, 독성을 배우지 못한 채, 그저 뿌리 내리고 생장하다가 잘려서 운반된 나무들의 냄새가 무해하게 느껴졌다.

2층에 올라갔던 그가 커다란 정미 집을 두 팔에 안고 다시 나타났다. 2층은 생활 공간인데, 1층보다 통풍이 잘돼서 오일이나 페인트로 칠을 마친 제품은 그곳에 둔다고 했다. 그가 제작한 정미 집은 전체적으로 다갈색이었고 지붕은 초록색 페인트로 마감되어 있었으며 문은 아치형으로 매끈하게 뚫려 있었다.

"정미가 대형견이어서 크게 만들었거든요. 주재료는 북미산 월넛이에요. 호두나무요. 호두나무가 단단하고 함수율도 높아서 선택했는데 마음에 드실지 모르겠네요."

"호두나무, 좋네요."

"차는 가져오셨죠?"

"아뇨, 저는 차가 없는데……."

그가 이내 난처한 표정을 지어 보였다. 하긴, 정미의 새 집은 내가 안고 갈 수 있는 크기가 아니었다.

"저한테 소형 픽업트럭이 있긴 한데 지금 카센터에 맡겨놓은 상태예요. 일주일은 있어야 가져올 수 있을 것 같은데, 혹시 괜찮으면 그때 제가 배달해드려도 될까요?"

"그래 주시면 제가 감사하죠. 참, 계산은 지금 할까요?"

"주문할 때 벌써 하셨어요."

말한 뒤, 그는 시간이 된다면 커피 한잔하고 가라며 작업장 구석으로 가더니 전기포트에 물을 끓였다. 얼떨결에 테이블에 딸린 의자에 앉은 나는 핸드밀로 커피콩을 가는 소리, 물이 끓는 소리와 전기포트에서 탁, 하며 스위치가 내려가는 소리, 드리퍼에 물을 따르는 소리와 그 물이 거름종이를 투과하는 소리를 잠자코 듣고 있었다. 나무 냄새에 섞여든 커피 향이 몽롱할 만큼 좋아서 언제까지라도 이곳에 머물 수 있겠다는 생각을 하면서.

그가 곧 흰색 머그잔에 담긴 커피를 내주며 테이블 맞은편 의자에 앉았다. 그는 내 이름을 이미 알고 있었노라고 말했다. 그럴 터였다. 엄마는 사람들 앞에서 식당 상호나 정미를 소개할 때면 딸들의 이름을 나열하곤 했으니까.

"장례식은 언제였어요?"

"지난 달 20일이요."

"알았다면 저도 갔을 텐데…… 보다시피 동네랑 동떨어진 데서 혼자 지내다 보니 소식을 못 들었네요."

"말씀만으로도 감사합니다, 정말……."

"……."

"정말 기뻤어요, 전화 통화할 때요. 덕분에 엄마는 뒤늦은 배웅을 한 번 더 받은 거잖아요."

"……네."

"……."

"근데, 이 동네에서 쭉 지내시는 거예요?"

그가 물었고 나는 머그잔 안으로 시선을 떨어뜨리며 지금은요, 짧게 대답했다. 효녀라고, 요즘 세상에 이런 딸이 어디 있느냐고, 이래서 딸을 낳아야 한다고, 장례식장에서 들은 그런 말들이 떠올라 괴로워서였다. 다행히 그는 내가 우려했던 말들을 입에 올리지는 않았다.

머그잔이 비어갈 즈음 가방을 챙겨 의자에서 일

어나는데, 그가 정미식당의 칼국수가 지금도 생각
난다며 웃어 보였다. 단순히 맛있다는 표현으로는
부족하다고, 담백한 포만감이 있었다고, 먹고 나면
몸 안에 건강하게 더운 기운이 돌곤 했다고도……
어느 순간 그의 말이 뚝 멈췄고, 그제야 나는 내가
그의 웃는 얼굴을 쓸데없이 오래 건너다보고 있었
다는 걸 깨달았다. 서둘러 인사를 남기고는 그곳을
빠져나올 때, 픽업트럭이 수리되는 대로 배달해드
리겠다고, 등뒤에서 그가 말했다.

＊

　엄마를 회피한 날이 더, 더, 많았다.
　엄마의 병명을 안 뒤에도, 엄마가 치료를 중단하
고 J읍에 내려온 뒤에도, 나는 내 일과 반복되는 일
상을 쉽게 내려놓지 못했다. 엄마가 약 먹는 걸 돕
고 시트를 교체할 때나 환자복을 갈아입어야 할 때
손을 보태고 나 자신도 맹신하지 않는 낙관의 말을
늘어놓은 것, 엄마의 목숨 값으로 나올 사망보험금
이라는 안전한 보루에 기대어 타인의 노동을 산 것,

돌이켜보면 내가 엄마를 위해 한 일은 그게 다였다.

엄마가 투병하는 동안 나는 엄마의 현재에 내 미래를 투사하는 일에 더 성실했었는지도 모르겠다. 두려웠지만 멈출 수 없었다. 걷고 싶을 때 걷지 못하고 배설해야 하는 순간에 타인의 손을 빌려야 하는 내 노년을 상상하는 일은 떨쳐내려 해도 떨쳐지지 않은 채 끈질기게, 그야말로 질리도록 끈질기게 이어졌다. 아직 오지도 않은 내 미래를 근심하느라 엄마가 직면한 현재의 불안과 고통을 자꾸만 잊는 내가 싫었고 징그러웠지만, 그렇다고 제어되는 것은 없었다. 서울의 병실에서든 J읍에서든, 엄마를 만나고 돌아가면 시간을 폭식한 듯 갑자기 너무 늙어버린 기분에 휩싸이곤 했다.

목공소에서 집으로 돌아가는 길에 금성슈퍼에 들러 이번에는 중력분과 감자, 양파와 호박과 당근, 고추와 부추를 샀다. 계산을 하고 돌아서는데 누군가 내 팔을 잡으며 정연이 아니니, 하며 말을 걸어왔다. 혜란 아주머니였다. 일하다가 나왔는지 그녀에게서 미용실 특유의 약품 냄새가 났다.

"서울에 안 가고 여태 여기 있었던 거야?"

그녀가 내 두 손을 꼭 맞잡으며 물었고, 나는 어쩌다 보니 그렇게 됐다는 말밖에 할 수 없었다.

"미용실에 놀러 와. 아무 때나. 아니다, 지금 가자. 그렇잖아도 고춧가루랑 마늘이랑 잔뜩 사났는데, 좀 가져가, 응?"

물은 뒤, 잠시 내 얼굴을 물끄러미 들여다보던 그녀는 어려운 부탁이라도 하는 양 그래 줄 거지, 그러자, 덧붙이기도 했다.

나이 차는 많이 나도 남편이 없다는 공통점 때문인지 엄마와 혜란 아주머니는 특별히 친밀했다. 엄마가 만든 밑반찬과 김치가 가장 자주 배달된 곳은 딸들의 집이 아니라 혜란 아주머니네였을 것이다. 혜란 아주머니네 집에는 엄마의 손맛에 길들여진 성장기의 고등학생이 있었으니까. 혜란 아주머니도 엄마를 큰언니처럼 대했다는 걸 잘 안다. 그녀는 엄마에게 관절염 약이니 오메가쓰리 같은 걸 주기적으로 사다 주었고 엄마가 서울에 올라올 일이 있으면 정미와 길고양이들의 끼니를 도맡아주기도 했다. 엄마가 호스피스 병동을 포기하고 집으로 돌아온 이후엔 미음을 끓여 방문을 오곤 했고, 슬퍼할

69

만큼 슬퍼한 뒤엔 늘 엄마의 회복을 기도해주었다. 아주머니가 엄마의 손을 잡고 기도하는 모습을 볼 때면 나는 그때껏 믿어본 적 없는 신에 대해 한번 더 생각하게 됐다. 엄마의 통증을 차감해주기만 한다면 내 안에서 만들어진 신이라도 맹신하고 싶던 순간들이 있었다.

혜란 아주머니에게서 받은 식재료까지 챙겨 집으로 돌아가자 마당에 나와 있던 정미는 세차게 꼬리를 흔들면서도 내 뒤를 집요하게 살폈다. 정미는 여전히 엄마를 기다리는 모양이었다. 하긴, 정미는 지금도 가끔씩 새벽에 돌연 깨어나 집 안 곳곳에 코를 들이밀며 돌아다니곤 했다. 정미는 엄마와의 숨바꼭질이 이어지고 있으며 자신은 언제까지라도 술래 역할을 맡게 될 거라고 여기는 듯했고, 나는 그것이 정미 몫의 행운이라고 생각했다.

나는 정미를 데리고 곧 식당으로 이동했다. 오랜만에 손질한 재료를 데치거나 끓인 뒤 내 기호에 맞게 양념을 한 음식을 먹고 싶었는데, 가장 먼저 떠오른 것이 칼국수였다. 실은 목공소 남자가 엄마의 칼국수를 예찬할 때부터 나는 그 어느 때보다 간절히 칼국수가 먹고 싶었다. 엄마가 칼국수를 요리하는 걸 어깨너머로 무수히 봐왔지만 내 손으로 직접 그 레시피를 따라해보는 건 처음이었다.

일단 식당 문을 다 열어놓고 바닥과 테이블을 물걸레로 닦은 뒤 주방을 정리했다. 정미식당의 주방은 손님용 테이블에서 마주 보이는 자리에 조리대와 가스대, 냉장고와 싱크대와 각종 요리 도구들이 세팅되어 있는, 일종의 오픈형이었다. 십 년 전, 엄마가 고향에 내려와 칼국수 식당을 하겠다고 밝혔을 때 엄마를 데리고 서울의 아담한 식당들을 순례한 적이 있는데, 그때 엄마는 요리하면서 손님과 이야기를 나눌 수 있는 식당 구조를 마음에 들어 했다. 정미식당의 큰 틀은 그때 만들어졌던 셈이다.

청소를 마친 뒤엔 조리대 앞에 선 채 눈을 감고는 엄마가 칼국수를 끓일 때의 모습, 그 순서와 재료를 찬찬히 복기했다. 반죽부터였다. 이내 번쩍 눈을 뜬 나는 금성슈퍼에서 사 온 중력분을 체에 한번 걸러내어 소금과 소다, 물을 넣고 반죽했다. 반죽이 숙성하는 동안엔 칼국수에 들어갈 야채를 먹기 좋은 크기로 자른 다음 혜란 아주머니에게서 받은 고춧가루와 마늘, 그리고 엄마가 직접 담가놓은 간장으로 양념장을 만들었다. 엄마는 간장뿐 아니라 멸치와 다시다, 건조한 무청과 파뿌리 등을 한데 끓인 육수도 넉넉히 쟁여놓곤 했는데 냉동실을 확인하니 육수를 얼려놓은 생수병이 아직 세 개나 남아 있었다.

숙성을 마친 반죽 덩어리를 밀대로 얇게 펴서 먹기 좋은 크기로 자를 때는 엄마가 칼국수 식당을 개업할 때부터 써온 오래된 칼을 사용했다. 손잡이에 명주 천을 몇 번 감아놓은, 중식당 요리사들이 즐겨 쓰는 사각칼이었다. 육수에 잘라놓은 야채를 넣어 국물을 우린 뒤엔, 찬물로 헹구어놓은 국수 면을 넣고는 한소끔 더 끓였다. 정미식당에는 2인용 테이블 세 개에 4인용 테이블 하나가 갖춰져 있었는데, 나는 그중 창가 쪽 2인용 테이블을 선택했다. 식탁을 차린 뒤 냉장고 안쪽에 자리 잡은 플라스틱 통을 열어보자 놀랍게도 그 안엔 김치가 들어 있었다. 작년 10월에 엄마의 칼국수를 마지막으로 먹었다던 목공소 남자의 말이 떠올랐다. 엄마가 시한부 판정을 받고 돌아와 이 김치를 담가놓은 것이 맞는다면 그때 엄마는 조금은 장난스러운 궁리를 했을지 모른다. 오랫동안 비어 있던 식당으로 들어온 두 딸이 청소와 정리를 마친 뒤 냉장고 문을 열어보고는 자신이 준비한 마지막 선물에 깜짝 놀라는 장면을 상상하며 엄마는 웃지 않았을까. 그 순간 플래시백처럼 파팟, 하고 떠오르는 날들이 있었다. 미연과 내가 어렸을 때도 엄마는 문 뒤나 골목 끝에 숨어 있다가 갑자기 나타나는 방식으로 두 딸을 놀라게 하거나 울리는 것에 큰 재미를 붙였었는데, 그런 순간 천진하게 웃음을 터뜨리던 젊은 엄마는 전혀 어른 같지 않았다.

육수 때문인지 내가 만든 엉성한 칼국수에도 엄마의 손맛이 감돌았다. 나는 오랜만에 이마에 땀이 맺히도록 맛보고 씹고 삼키는 행위에만 온전히 몰두했다. 비워진 그릇과 접시를 보고 나서야 내가 거의 두 시간에 걸쳐, 그야말로 잡념이 사라진 상태로, 요리하고 먹는 행위를 즐겼으며 엄마가 아픈 뒤로 이런 경험은 처음이라는 것을 천천히 깨달았다.

건강하게 더운 기운이 뼈와 내장 사이를 가득 채워갔다.

나는 목공소 남자가 표현한 담백한 포만감의 의미를 조금은 알 것 같았다.

✳

정미와 나의 산책은 하루도 빠짐없이 계속됐다.

산책을 하다 보면 간혹 동네 사람들이 알은체를 해오기도 했다. 그들은 대개 정미부터 알아보고는 정미야, 친근히 부르며 다가왔다가 내가 꾸벅 인사를 건네면 그제야 내게도 말을 걸어왔는데, 아직 서울로 돌아가지 않은 이유를 가장 궁금해했다. 그럴 때 나는 그냥 그렇게 됐다는 싱거운 대답만 내놓곤 했다. 내가 신은 엄마의 털신을 찬찬히 내려다보며 한참 동안 내 손을 붙잡고 있던 허리가 굽은 노파를 만난 적도 있었는데, 노파는 특이하게도 내게 아무 것도 묻지 않았다. 노파의 다갈색 손등엔 주름과 검버섯이 가득했지만 노동의 시간을 증명하듯 손바닥에선 강한 악력이 전해지기도 했다.

어느 날부터인가 나는 엄마 옷을 꺼내 입기 시작했다. 서울에서 가져온 옷이 몇 벌 없어서이기도 했고 엄마 옷이 털신만큼 따뜻하고 편해서이기도 했다. 허리에 고무줄이 들어간 모직 치마라든지 밤색 누빔 점퍼, 똑딱 단추로 앞을 여밀 수 있는 보라색 조끼와 왼쪽 가슴 아랫부분에 꽃무늬가 자수된 베이지색 카디건을 나는 특히 자주 입었다.

사실 옷은 시작에 불과했다. 엄마의 양말과 머플러, 엄마가 직접 겨자색의 굵은 실로 뜬 털모자에도 내 손은 뻗어갔다. 엄마의 물건에서 구불거리는 흰 머리카락을 발견한 날이면 핀셋으로 조심조심 떼어내 빈 유리병에 모으기 시작했는데, 어느새 그건 그 나름대로 즐거운 취미가 됐다. 엄마가 쓰던 비누, 스킨과 로션, 영양크림을 나도 썼고 엄마에게는 애장품이던 금목걸이라든지 팔찌를 하고 산책을 나간 적도 있었다. 내 몸에서는 엄마의 냄새가 나기 시작했다. 엄마는 보이지도 않았고 만져지지도 않았지만 나는 그 어느 때보다 엄마에게 보호받는 느낌을 받았고, 때로는 눈앞에 엄마가 있다는 듯 허공에 대고 어리광을 부리고도 싶었다.

목공소 남자가 픽업트럭에 정미 집을 싣고 온 날도 나는 엄마의 옷과 털신으로 무장한 채 산책 나갈 준비를 하고 있었다. 인기척이 느껴져 서둘러 밖으로 나가자 트럭을 세워놓고 식당 안을 살피는 그가 눈에 들어왔다. 아직 목줄을 채우지 않은 정미가 그에게 달려가더니 앞발을 들어 반가운 인사를 건넸다. 정미를 사이에 두고 우리의 시선이 느슨하게 얽혔다가 풀렸다.

정미 집은 안채 마루에 놓기로 했다. 정미가 이미 실내 생활에 길들여진 데다 마당에는 엄마의 골분이 묻힌 곳이 있어서 최대한 조심하고 싶었다. 정미 집을 마루에 내려놓은 그는 장식장 위에 마련된 엄마의 유골함과 사진, 향로를 발견하고는 그 앞에 서서 향에 불을 붙인 뒤 잠시 묵념의 시간을 가졌다.

그런 그에게 칼국수를 먹지 않겠느냐고 묻지 않을 도리가 없었다.

"엄마가 만들어놓은 육수랑 김치가 아직 남아 있어서요."

"그럼 저야 너무 좋죠. 그렇잖아도 점심은 어떻게 해결해야 하나, 고민하고 있었거든요."

"잘됐네요. 저도 점심 먹을 시간인데……."

엉터리 대답이긴 했다. 식사 시간 따윈 정해놓지

않고 지낸 지 오래됐으니까. 산책이나 요리 같은 일과가 추가되긴 했지만, 그래도 내 하루는 여전히 뒤죽박죽이었고 그걸 아는 존재는 정미뿐이었다.

앞장서 걸어 식당 문을 열자 그가 따라 들어왔다. 그를 식당 중앙 테이블에 안내한 뒤 바로 주방으로 이동해 도마와 칼, 밀가루와 채소, 육수를 꺼냈다. 목공소를 다녀온 이후 여러 번 내 손으로 칼국수를 만들어 먹어서인지 채소를 자르고 반죽을 하고 육수로 국물을 우리는 과정에 속도가 붙었다. 밀가루 숙성 시간은 길게 갖지 못했지만, 대신 어제저녁에 쓰다 남은 반죽을 섞으니 그런대로 탄력과 찰기가 형성됐다.

끓인 칼국수를 그릇 두 개에 나눠 담았고 엄마의 김치는 한입 크기로 잘라 내놓았다. 그가 식탁 차리는 걸 도와서, 우리는 곧 마주 앉은 채 식사를 시작할 수 있었다. 식사 도중 그는 내게 정연 씨라고 불러도 되느냐고 물었고 나는 그럼요, 영준 씨, 라고 대답했다.

그릇이 반쯤 비워졌을 때, 영준 씨는 어머님이 해주던 그 칼국수 맛이라고 나름의 평가를 내놓았는데 그 순간 나는 그와 나 사이에 엄마가 앉아 있는 것만 같은 기분에 잠식되기도 했다. 어머님, 그 호칭 때문인지도 몰랐다. 언뜻 바라본 식당 유리창에는 그릇에 고개를 파묻은 영준 씨와 그런 그를 내려다보는 내가 투사되어 있었다. 나는 유리창 너머를 한참 동안 바라봤다. 유리창에 비친 영준 씨와 내가 이국으로 떠나는 기차 식당 칸에 마주 앉아 허기진 배를 채우는 여행자들 같아서였을까.

그렇다면, 적어도 그들 중 한 명은 이미 여행에 지친 여행자였다.

✳

식사를 마친 우리는 자연스럽게 정미를 데리고 함께 걷게 됐다. 걷는 동안, 영준 씨는 식당 앞에 내가 나타났을 때 어머님이 살아 돌아온 줄 알았다고 웃으며 말했고 나는 그럴 만하다고, 내가 유독 엄마를 닮은 데다 엄마 옷에 털신까지 착용해서 더 그런 인상을 받았을 거라고 대답했다.

"좋네요."

영준 씨가 말했다.

"죽은 가족의 옷을 입고 신발을 신고, 그런 거요. 보통은 버리거나 태우는데 그렇게 하지 않고 착용까지 하는 거, 전 좋아 보여요."

"처음엔 그저 편해서 입기 시작했는걸요. 서울에서 가져온 옷이 별로 없어서이기도 했고요."

"그건 그것대로 좋은데요, 뭐."

영준 씨의 말에는 오랫동안 뭉툭한 언어를 고르는 데 애써온 사람 특유의 빈 공간이 있었고 나는 그것이 편했다.

"정연 씨 어머니는 어떤 분이셨어요?"

영준 씨는 짐짓 무게감 없는 말투로 물었지만, 내게는 즉흥적으로 떠오르는 몇 마디의 말로는 대답할 수 없는 질문이었다. 선뜻 답을 못하고 망설이는 사이, 영준 씨의 목공소가 멀리 보이는 지점을 우리는 지나가게 됐다. 이런 작은 동네에 목공소를 열게된 계기가 궁금했다고 내가 다시 말을 꺼내자 영준 씨는 주문은 메일이나 인스타그램 메시지로 받고 있으며 완성품은 택배로 부치기 때문에 위치는 크게 상관없다고 설명했다.

"그럼 J읍일 필요도 없는 거잖아요."

"실은……."

"……."

"실은, 여기 안개가 좋아서요."

"안개요?"

"네, 안개 때문에 여기에 정착하게 됐어요. 이 나이엔 참 안 어울리는 계기죠?"

되묻고는, 쑥스러운지 영준 씨는 뒷머리를 긁적였다.

몇 해 전, 영준 씨는 J읍과 멀지 않은 펜션에 친구들과 여행을 왔다가 새벽에 홀연히 깬 적이 있었는데, 그때 산을 휘감은 채 흐르고 피어오르고 상승과 하강을 반복하는 안개를 보았다고 했다. 안개는 아주 작게 응결된 물방울이 지표면 가까이에 머무는 자연현상일 뿐이란 걸 알고 있었지만 그때는 그런 지식이 무용했다고, 그 새벽에 마주 본 안개는 이세계 바깥에서 보내오는 신비로운 신호 같았다고, 직장을 정리하고 목공소를 알아볼 무렵 그 새벽의 안개가 문득 떠올랐는데 놀랍게도 원목 가공 공장이 이곳에서 차로 삼십 분 거리에 있어 자신도 신기

했다고, 그 우연을 인연으로 여기고 정착을 결심하게 되었다고 그는 설명했다.

J읍의 안개라면 풍경의 일부일 뿐, 진지하게 보려 한 적조차 없는 나는 영준 씨의 설명이 신선했다. 세계의 바깥, 신비로운 신호, 그런 표현이 응축된 에너지로 흡수되어 내 마음의 어딘가에서 고요히, 아주 고요하게 폭발하는 듯했다, 폭죽처럼.

"실은 오랫동안 서울에서 평범한 직장인으로 살았어요. 목공은 직장 생활이 심심해서 배우기 시작했는데, 살다 보니 이렇게 새로운 직업이 되었네요."

영준 씨가 다시 말을 이어갔다.

"저는 나무가 좋더라고요. 나무는 죽어서, 그러니까 합판이나 블록 형태로 가공돼서 목공소로 오는데 그걸 자르고 이어 붙이고 조립해서 실용적인 뭔가를 만들면 다시 살아나는 느낌이 들거든요. 실제로 원목 가구나 소품은 습도와 온도에 따라 수축과 팽창을 반복해요. 꼭 숨을 쉬는 것처럼요."

영준 씨의 설명을 들으니 그가 지은 목공소의 이름이 새삼 환기됐다.

"편집기사도 촬영된 컷을 자르고 붙이고 조립하는 일을 해요. 영준 씨 이야기를 듣다 보니 목공과 편집이 비슷하다는 생각이 들어요."

"편집기사? 그게 정연 씨의 직업인가요?"

"지금은 쉬고 있지만 이십 년 가까이 영상 편집 기사로 일하긴 했어요."

영준 씨는 영상 편집기사라는 직업을 들어보지도 못했다고 대답하면서도 내가 참여한 작품들을 나열하자 그중 자신이 본 영화를 언급하며 신기해했다.

"정말 비슷하긴 하네요."

"......"

"편집해서 완성된 영상도 숨을 쉰다고 할 수 있잖아요. 스크린이나 브라운관, 아니면 노트북과 휴대전화 화면으로 그 영상을 보는 사람들은 영상 속 이야기가 살아 있는 것처럼 느끼니까요."

"......그런 생각 안 해봤는데, 묘하게 설득돼요."

"그죠?"

영준 씨는 뿌듯해했고 그 표정에 나는 웃을 수밖에 없었다.

정미가 갑자기 멈춰서더니 무언가에 집중하며 세심하게 냄새를 맡기 시작했다. 우리는 동시에 정미에게 다가갔다. 정미가 고개를 파묻고 있는 곳엔 어떤 곤충이 남겨놓은 고치가 있었다. 나뭇가지 위나 풀잎 사이에 놓여 있었을 고치는 바람에 실려 이곳에까지 여행을 온 모양이었다.

"고치는 임시 무덤이면서 두 번째 탄생 이후 버려진 사체이기도 하다.[*]"

"네?"

"아, 예전에 책에서 읽은 구절이에요."

"근사한데요? 저는……."

"……."

"전 집이라고 생각했는데, 빈집이요. 말하고 나니 흔하고 시시하네요."

어쩐지 주눅 든 목소리에 나는 얼핏 그의 옆얼굴을 건너다봤다. 그가 빈집 같은 고치를 내려다보며 그를 슬프게 했던 한 사람을 떠올렸다는 건 짐작도 하지 못한 채였다. 그 순간 영준 씨의 패딩 점퍼 주

[*] 프리모 레비, 『고통에 반대하며』, 심하은·채세진 옮김, 북인더갭, 2016.

머니에서 휴대전화 진동음이 울렸다. 영준 씨는 내게서 몇 발자국 떨어져 전화를 받았고 잠시 뒤 되돌아오더니 그만 돌아가면 좋겠다고 말했다. 서울에 일이 생겼다고도 덧붙였는데, 내게 자세히 설명할 수 없는 사정이 있는 것 같았다. 우리는 결국 둑길까지 가지 못한 채 발길을 돌려 다시 정미식당으로 향했다. 돌아오는 길 위에서 영준 씨는 말수가 줄었고 다른 생각에 빠져 있는 듯 보이기도 했다.

식당 앞에 도착하자 영준 씨는 식사 고마웠다는 짧은 인사를 건넨 뒤 픽업트럭을 타고 떠났다.

고양이들 사료와 물을 새로 채워준 뒤 나는 정미를 데리고 안채로 들어갔다. 급격하게 피로해져 옷을 갈아입지도 못한 채 바로 침대에 누우니 정미도 따라 올라와 내 곁에 자리를 잡았다. 머릿속을 장악한 장면들이 있었다. 휴대전화의 진동음, 돌아서서 전화를 받던 영준 씨의 모습, 통화 내내 고개를 끄덕이기도 하고 숙이기도 했던 작은 움직임…… 그 장면들 속 영준 씨의 목소리는 음소거로 처리한 듯다 지워져 있었고, 잿빛 나뭇가지를 휩쓸고 지나가는 차고 메마른 바람 소리만 크게 들려왔다. 상상으로 걱정을 키우지 말라는 충고를 하고 싶었는지 정미가 내 얼굴을 핥았다. 아니, 어쩌면 겨우 두 번 만난 사람에게 섣부르게 기대려 했던 거냐고 애정 어린 질타를 하는 것인지도 몰랐다. 잠깐만, 하고 나는 정미를 쓰다듬으며 속삭였다. 잠깐만 누워 있을게, 금세 일어나서 사람답게 씻고 저녁도 챙겨 먹을 거야. 텔레비전도 보자, 세상이 어떻게 돌아가는지 전혀 모르고 살았어. 내 속삭임이 끝나자 정미도 금세 흥분을 가라앉히고는 얌전히 앞발을 모으고 엎드렸다.

나도 모르게 잠들었다가 언뜻 깼을 때 엄마 방에서 부스럭거리는 소리가 들려왔다. 정미는 이미 마루로 나가 있었는데 열린 문틈으로 세차게 움직이는 정미의 꼬리가 보였다. 설마 이 시간에 미연이 왔나, 의아해하며 엄마 방으로 건너가자 작은 체구의 여자가 엄마가 쓰던 침대에서 몸을 만 채 곤히 잠든 모습이 눈에 들어왔다.

낯선 사람이 집 안에 들어왔는데도 이상하게 무섭지 않았다. 오히려 다행이라는 생각을 했다. 저렇게 작고 마른 여자에게 이 겨울밤으로부터 보호받을 수 있는 피난처를 마련해주었다는 것이……. 나는 침대에 걸터앉으며 그 얼굴을 물끄러미 들여다봤다. 밤거리를 헤매고 다닌 듯 머리칼은 헝클어져 있었고 얼굴이니 목, 손등에선 비릿한 바람 냄새가 났다.

기억이 났다.

란미용실 뒤편에서 나를 남겨두고 혼자 떠났던, 아직 성장기가 끝나지 않은 듯 보였던 그 소녀의 흐릿한 뒷모습이 복원된 필름에서처럼 조금씩 선명히 드러났다.

오래전 엄마는 내게 말했다. 서울의 어떤 산을 무서운 줄도 모르고 밤새도록 걸은 적 있었는데, 아침이 되어서야 산 하나를 넘어 다른 행정구역에 닿았고 지나가는 사람에게 여기가 어디인지, 서울역은 어떻게 가면 되는지 물을 수밖에 없었다고……. 행인이 알려준 바에 따르면 그곳은 무악재였고 다행히 서울역까지 한 번에 가는 버스가 있었다. 엄마는 연희동에서 안산을 넘어 무악재까지 걸어갔던 것이다. 그때는 서울에서 영영 벗어나고 싶다는 맹목적인 마음뿐이어서 힘든 줄도 몰랐다.

주인집 여자 때문이었다고, 엄마는 이어 말했다.

1960년대 후반, 열일곱 살에 혼자 서울로 올라온 엄마는 친척의 소개로 연희동 양옥집에서 식모 일을 시작했다. 부부와 딸과 아들로 구성된 4인 가족이 엄마의 고용주였던 셈이다. 그들에게 더운밥을 먹이고 깨끗한 옷을 갖다주고 먼지 없는 따뜻한 방에서의 숙면을 제공하기 위해 엄마는 손가락이 무르고 트도록 쉼 없이 일했지만, 엄마의 밥은 늘 차가웠고 옷은 허름했으며 이불과 옷으로 가득했던 부엌 옆 쪽방은 너저분하고 추웠다. 당시 사십 대였던 주인집 여자는 엄마에게 새로 지은 밥은 먹지 말라고 지시했다. 식구가 남긴 밥을 먹으라고, 식탁에 올랐던 요리에는 손대지 말고 대신 먹다 남은 밑반찬을 밥과 곁들여 먹으라고도 했다. 그녀의 맏딸은 엄마와 나이가 똑같았는데, 아침마다 잘 다려진 교복을 입고 하얀 양말과 운동화를 갖춰 신은 채 매끄러운 가죽 책가방을 들고 집을 나서는 그 맏딸이 엄마는 부러웠다. 목이 타도록, 주먹으로 가슴을 치고 싶을 만큼, 그런 삶이, 그렇게 마음껏 공부도 하고 대학이란 곳도 가게 될 그 삶이 부러워서

빨래를 하다 말고, 늦은 밤 식은 밥을 넘기면서, 아무도 몰래 숨죽여 흐느끼기도 했다. 그 집에서 이년 가까이 일하는 동안 맏딸은 제 엄마와 달리 동갑내기 식모를 무시하거나 야단치는 말은 하지 않았는데, 그건 아마도 식모가 언제나 그 자리에 있는 유용한 사물처럼 보여서였을 거라고 엄마는 훗날에야 생각하게 됐다. 엄마를 바라보는 그녀의 눈빛엔 온기가 없었고 엄마에게 무슨 일을 시킬 때도 제 부모를 통해 전달했을 뿐 전혀 말을 걸지 않았으니까. 심지어 그 둘은 인사를 나눈 적도 없었다. 그때를 떠올리면 주인집 여자보다 그 맏딸이 더 미웠고 아프도록 모멸감이 일곤 했다.

오랜 연애가 시시하게 끝났다는 걸 인정해야 했던 어느 날, 엄마는 일도 잠시 쉰 채 집에서 술만 마시던 그 시절의 나를 살피러 찾아와서는 그런 이야기를 들려주었던 것이다.

비밀로 해달라고, 미연에게도 말하지 말라고, 엄마는 얼굴을 붉히며 몇 번이나 당부했다. 나 역시 엄마가 서울에서 식모로 일한 적 있다는 걸 몰랐으니, 그날 엄마는 오직 내게만 자신의 열일곱 살과 열여

덟 살을 처음이자 마지막으로 고백했던 셈이다.

"모진 말을 듣고 나왔지. 얼른 고향으로 가서 너희 할머니한테 다 일러바치려고 했어. 세월이 흐르긴 흘렀나 보다. 그때는 참 고약한 말이었을 텐데, 이것 봐라, 이젠 기억도 잘 못하잖니."

모든 건 잊힌다고, 세상에 잊히지 않는 것은 없다고, 엄마는 그렇게 말했다. 그 밤, 나는 엄마 무릎을 베고 잠이 들었다. 달콤하고 긴 잠을 잤다.

다시 소녀를 내려다봤다.

엄마, 부르며 나는 어린 엄마의 손을 잡았고 밤새 산길을 걸어 퉁퉁 부은 두 발을 쓰다듬었다. 기분이 좋은지 어린 엄마는 눈을 감은 채 나른히 미소를 지었고 푸우, 푸우, 고르게 숨을 내뱉었다. 나는 엄마가 내게 그 숨소리를 들려주려고 꿈에 나타났다고 생각했다.

믿기로 했다.

눈을 떴을 때, 나를 내려다보는 정미의 얼굴이 보였다. 왜 울었느냐고 묻는 듯 크고 검은 눈동자에 근심이 가득했다. 아니, 어쩌면 더 울어도 된다고 말하고 싶었는지도…….

정미는 이내 축축하고 부드러운 혓바닥으로 내 뺨을 핥기 시작했다.

✳

일 년 중 가장 추운 날大寒, J읍 전체가 얼음에 비춰진 텅 빈 동네처럼 경직되고 서늘해 보이는 날, 미연이 제부와 조카를 대동하지 않고 혼자 내려왔다. 코와 뺨이 찬바람에 꽁꽁 얼어서는 반찬통과 과일로 가득 채워진 쇼핑백을 양손에 든 채였다. 무거운 걸 들고 이른 아침부터 여러 번에 걸쳐 버스와 기차를 번갈아 탔을 미연의 고단한 동선이 눈에 그려져 마음이 사나워졌다. 미연에게서 짐을 건네받으며 왜 하필 한파경보가 떨어진 날 왔느냐고 타박하듯 묻자 미연은 요즘 안 추운 날 있었느냐며 태연히 되물었다. 내가 쇼핑백 안 반찬통과 과일을 정리해서 냉장고에 넣는 동안, 미연은 엄마의 유골함 앞으로 가 향을 피웠다.

우리는 곧, 마당이 한눈에 보이는 마루 한쪽에 나란히 방석을 놓고 앉은 뒤 모과나무와 그 아래 작고 얕은 봉분을 건너다보며 커피를 마셨다.

"여기 엄마, 그동안 잘 있었어?"

미연이 장난스러운 말투로 봉분을 향해 물었다.

"거기 엄마는 어떻게 지내는데?"

되묻자, 당연히 잘 지내지, 바로 대답한 미연은 나를 따라 엷게 웃었다.

그동안 미연은 나 대신 여러 행정적인 절차를 도맡아했다. 엄마의 사망신고를 마쳤고, 내가 작성한 위임장을 포함한 여러 서류를 준비해 보험회사에 제출했으며 수령한 사망보험금으로 엄마의 간병에 쓰인 돈을 갚았다. 엄마가 사망보험을 세 개나 들어놓아 미연과 내가 보탠 돈과 별개로 보험금이 남게 됐는데, 나는 이미 미연에게 그 돈을 포기하겠다는 의사를 밝혔다.

"보험금 말이야……."

미연이 머그잔을 매만지며 말을 꺼냈다.

"그 이야기는 다 끝난 거 아냐?"

"그래도 언니, 돈 문제는 냉정하게……."

"엄마 집이랑 식당, 지금 내가 쓰고 있잖아. 월세 한 푼 안 내고……."

"여기서 계속 살려고?"

"……그럴까?"

"서울 오피스텔은? 편집 일은 어떡하고? 설마, 일 그만둘 건 아니지?"

연달아 묻는 미연의 얼굴엔 의심과 걱정이 교차했는데, 그건 그녀가 일에 대한 내 애정이라든지 성과물을 향한 집착을 누구보다 잘 알아서일 것이다.

"우리 엄마, 어떤 사람이었을까?"

나는 다른 이야기를 꺼냈다. 내 목소리가 사뭇 진지했는지 미연도 생각에 잠긴 듯 침묵을 지키더니, 잠시 뒤 시시했던 내 연애 이야기를 꺼냈다.

그는 음향 엔지니어였고, 우리는 지방 로케이션이 많았던 영화에 함께 참여하면서 처음 만났다. 십이 년 전, 그때 나는 서른 살이었고 그는 서른여섯 살이었으니 나이 차이가 꽤 나는 커플이었다. 그가 마흔 무렵이 되면 결혼하기로 합의하고 서로의 부모와 형제들에게 소개까지 마쳤지만, 어느 날 그는 뚜렷한 이유도 대지 않은 채 내 오피스텔에서 자기 짐을 빼 가는 것으로 일방적인 이별을 통보했다. 쓰던 칫솔까지 챙겨 나간 그였지만 책상 마지막 칸에 둔 자신의 비상금은 까맣게 잊었는지 놓고 갔는데, 나는 삼백만 원이 조금 넘는 그 돈을 악을 쓰듯 일주일 만에 다 써버렸다. 뒤늦게 돈의 행방을 물으며 돌려달라는 그에게 몸이 떨리도록 배신감을 느꼈던 기억이 지금도 선명하게 남아 있다. 미연을 통해 내 소식을 전해 들은 엄마가 그 돈을 천 원 단위까지 그대로 마련해서—J읍에 식당을 차린 지 얼마 되지 않은 당시의 엄마에게도 결코 적은 액수가 아니었을 것이다—그 사람 앞에다 휙 내팽개치고 온 그날, 엄마가 내 오피스텔에도 찾아와 모든 건 잊힌다는 말을 전해준 것이다. 이별의 대가로 엄마의 열일곱 살과 열여덟 살을 알게 된 것, 그 연애는 그 정도 의미로만 남았을 뿐이라고, 오래전부터 나는 그렇게 생각해왔다.

"그러니까, 엄마는 그런 사람이라고. 우리가 돈이 없지 가오가 없냐, 말할 것 같은 사람이랄까. 영화 속 대사처럼 말이야."

"그러게, 생각해보니 엄마는 우리보다, 적어도 나보다는 가오가 있었네."

"있었지, 넘쳐흘렀어."

미연의 말에 나는 흔쾌히 동의했다. 동의할 수밖에 없었다.

그런 밤도 떠올랐다.

요란했던 그 이별 이후 엄마는 며칠 더 내 오피스텔에 머물며 죽을 쒀주었는데, 또 어느 밤에는 술상을 차리기도 했다. 오묘한 간호였다. 그 밤엔 당시 미혼으로 마케팅 회사에 다니던 미연까지 합세했고, 우리 세 사람은 동그랗게 둘러앉아 엄마가 뚝딱뚝딱 만든 부추전과 가지무침을 안주 삼아 연거푸 소주와 맥주를 섞어 마셔댔다. 내 전 애인을 수식할 만한 세상의 온갖 새끼들이 서로의 입에서 튀어나오기 시작했고 그중 '때려죽여도 션찮을 새끼'가 가장 큰 호응을 얻었다. 그야 물론 엄마의 입을 통과한 새끼였다. 두 딸이 좋아하자 엄마도 신이 났는지 호기롭게 덧붙였다. 부산 사는 놈이랑 엮어서 때려죽여도 션찮다, 션찮아.

엄마가 부산 사는 놈이라고 언급한 그 사람은 미연과 나의 생물학적 부친이었다. 미연도 그렇겠지만 나 역시 그 사람의 얼굴조차 가물가물한 지 오래됐다. 그 사람이 지금껏 부산에 사는지는 확실하지 않고 내가 고등학생 때까지 간간이 걸려왔던 그의 전화번호가 유효한지도 나는 알지 못한다. 마지막 통화에서 나는 최대한 감정을 억누른 채 전화를 그만해주기를 바란다는 뜻을 정중히 전했고 그는 별말 없이 한숨만 길게 내쉬더니 그대로 전화를 끊었다. 그 뒤로 그는 다시 전화하지 않았다. 고작 그 한마디에 상처받고 나가떨어질 거였으면 뭐 하러 그토록 오랜 세월에 걸쳐 내게만 전화를 걸어온 건지 나는 알 수 없었다. 하긴, 그런 사람이니 그렇게 살았을 터였다. 미연은 그 사람에 대해 나보다 더 아는 것이 없었다. 미연이 일곱 살 때 그는 우리 가족을 떠나 다른 여자와 다시 결혼했으니까. 그 여자와 부산에 내려가 살림을 차린 뒤 아들 하나를 낳았다는 게 우리 세 사람이 아는 전부였다.

미연은 아이들 때문에 어두워지기 전에 기차를 탈 예정이었다. 미연에게 칼국수를 해줄 테니 먹고 가라고 말하자 미연은 진심으로 놀라워했고, 이미 여러 번 정미식당에서 칼국수를 해 먹은 데다 손님도 한번 받은 적 있다는 말에는 기절하는 제스처까지 해 보였다. 그러나 미연은 내가 요리한 칼국수보다 엄마의 김치가 아직 남아 있다는 것에 더 뜨거운 충격을 받은 듯했다. 곧바로 식당 주방으로 달려가 냉장고에서 김치를 꺼내보는 미연의 얼굴은 상기되어 있었다. 김치를 접시에 담을 때 미연은 국물 한 방울, 파 한 조각 떨어뜨리지 않기 위해 자세를 최대한 낮추고는 고도의 정교한 작업을 하는 양 젓가락질에 온 신경을 집중했다. 유골함에서 골분의 반을 덜어내 방수포와 사기그릇에 담을 때처럼, 방수포에 묻은 흙을 끈질기게 쓸어낼 때처럼…… 자신이 가끔씩 숭고해진다는 걸 미연은 알까. 늘 나보다 작은 인간이어서 내가 먼저, 더 많이 비호해주어야 했던 미연은 어느새 모든 면에서 나와는 비교할 수 없을 만큼 듬직하고 강인해져 있었다. 저 혼자 힘으로 어른이 된 것 같은 미연, 이제 내게 무슨 일이 생기면 한걸음에 달려와줄 사람은 미연뿐이었다.

미연은 내가 끓인 국수는 후루룩 먹었지만 김치를 집을 때는 속도를 줄였고 공을 들여 아주 천천히 썹었다. 나는 그런 미연을 오래오래 바라보았고 식사를 마친 뒤엔 이제 두 포기 남은 엄마의 김치에서 한 포기를 작은 플라스틱 통에 따로 담았다.

기차역까지는 택시를 불러 타고 가라는데도 미연은 도통 내 말을 듣지 않았다. 이상해서라고 미연은 말했다. 보험금이 통장에 들어온 이후부터 돈이 똑같은 돈 같지 않다고, 그게 이상해서 예전처럼 돈을 쓸 수 없다고 덧붙이면서. 미연이 짐을 챙겨 일어나자 정미가 놀러 가는 줄 알았는지 먼저 마당으로 나갔고 그런 정미 덕분에 미연과 나는 한 번 더 웃을 수 있었다. 정류장에서 미연이 정미의 머리를 두 손으로 감싸며 언니를 부탁한다, 라고 비장한 목소리로 말하는 사이 버스가 왔다. 엄마의 김치가 담긴 종이가방을 가슴에 안은 채 버스에 오른 미연을 향해 나는 크게 손을 흔들었고 미연도 어서 가라는 손짓을 해 보였다.

　다시 집으로 돌아가려 했지만 정미는 오늘 몫의 산책을 안 한 것이 아쉬운지 자꾸 몸을 뒤로 뺐다. 정미가 고집을 피우는 일이 자주 있는 일은 아니어서 나는 언제나처럼 정미에게 우리가 가는 길을 맡겼다. 아무리 멀리 간다 해도 어차피 둑길일 터였다.

✳

　J읍은 지방의 작은 읍들이 대개 그렇듯 어두워지
면 인적은 뜸해지고 몇 안 되는 상점들은 문을 닫
는다. 더욱이 오늘은 기온이 영하 18도까지 내려
간 날이어서 동네 전체가 평소보다 헐거워진 느낌
이었다. 바람 소리가 컸다. 나뭇가지가 흔들리는 소
리, 플라스틱이니 유리병 같은 것이 나뒹구는 소리,
창문이 있는 곳마다 울려퍼지는 새시의 쇳소리가
섞여들면서 바람 소리가 더 육중하게 들렸다. J읍의
호수와 천을 오가는 동안 수분을 흠뻑 흡수하여 몸
집을 크게 부풀린 바람은 새벽 무렵엔 그 일부가 안
개로 변형될 터였다.

　안개…….

　안개, 라고 나는 한 번 더 중얼거린 뒤 멈춰 섰다.

　크리스마스트리가 바람에 휘청대는 교회 앞을
지나갈 때였다. 앞서 가다 목줄이 팽팽해지자 정미
가 뒤를 돌아봤다. 마음이 불안해질 때면 자주 그랬
듯, 나는 한쪽 무릎을 접고 앉아 정미를 안고는 그
뒷덜미에 오래오래 뺨을 부볐다. 오늘은 다른 데 갈

까, 라고 물으면서. 마치 정미가 허락하지 않으면 내가 원하는 곳은 갈 수 없다는 듯이. 아니, 정미에게 선택을 미루어야만 내 마음이 가벼워지리란 걸 인정하는 듯이.

나는 곧 둑길과는 다른 방향인 왼쪽으로 길을 꺾었다. 정미는 내가 가려는 곳을 모를 텐데도 순순히 나를 따라왔고 어느 순간부터는 새로운 모험을 즐기는 것처럼 보이기도 했다. 끊임없이 꼬리를 흔들었고 평소보다 반질반질해진 코로 연신 여기저기 냄새를 맡느라 정신이 없었다.

대기 중에 퍼져 있던 어둠은 금세 짙어졌다. 정미와 내가 가는 길에 별다른 조명이 없는 탓에 휴대전화의 손전등 기능을 켰는데, 어둠 속에서 내가 내뿜는 입김이 내 눈에도 너무 농밀해 보여 나는 깜짝 놀랐다. 그 농밀함이 절박함으로 해석될지 몰라 걱정도 됐지만, 언제나처럼 후회의 크기는 외로움보다는 작을 터였다.

목공소가 보였다.

목공소의 조명이 켜져 있기를 바랐으면서도 막상 환한 창문을 보자 여러 마음이 경계 없이 뒤섞

이며 출렁였다. 테이블에 고개를 숙인 채 혼자 앉아 있는 영준 씨의 옆모습이 가로로 긴 직사각형 창 너머로 보였다. 어둠 속에서 유일하게 빛을 내는 그 네모난 창은 다른 세계로 이어지는 대합실 같기도 했고 1인용 타임머신 같기도 했다. 저 목공소를 통과하면 침엽수로 가득한 눈 내리는 숲이 펼쳐질지 모른다는 상상이 그 순간 나를 사로잡았다.

돌아가자. 나는 스스로에게 말했다. 여기 더 있지 말고 그만 가자. 이어 생각하면서 정미의 목줄을 당기려던 그때, 정미가 갑자기 놀라운 힘과 속도로 목공소를 향해 달려가며 마치 손님이 왔다는 것을 알리려는 듯 어둔 허공을 향해 컹, 컹, 짖어댔다. 목줄을 놓친 채 속수무책으로 정미를 따라가던 나는 영준 씨가 의자에서 일어나 조심스럽게 창밖을 살피는 모습을 보았다.

그 순간, 그의 시선을 피해 몸을 숨길 곳은 내게 없었다.

3부

우수 ― 雨水

대학 신입생 시절, 집 근처 전철역의 건너편 플랫폼 벤치에서 콤팩트를 들여다보는 엄마를 목격한 적이 있었다. 지상으로 전철이 다니는 역이어서 엄마와 나 사이에 놓인 철로에는 6월의 설익은 여름 햇살이 부딪혀 난반사되는 중이었다. 엄마가 빨려 들어 갈 듯 거울을 들여다보는 모습이 낯설긴 했다. 선뜻 엄마를 부르지 못하다가 엄마 쪽으로 전철이 들어온다는 안내 방송을 들은 순간, 그제야 나는 엄마를 향해 손을 흔들어 보였다. 엄마는 손바닥만 한 거울에 완전히 집중했는지 내 쪽을 보지 못했다.

전철이 정차했다가 지나가자, 줌인zoom-in된

숏이 들어간 장면처럼. 벤치에서 일어난 엄마가 자세히 보였다. 그럴 리 없는데도, 엄마의 흔들리는 눈동자와 그 눈동자에 비치는 플랫폼의 초여름 풍경이 내 눈에는 보이는 듯했다. 엄마의 시선 끝에는 방금 떠난 전철에서 내렸을 엄마 또래의 남자가 있었는데, 베이지색 점퍼는 점잖아 보였고 머리칼은 반듯하게 정돈되어 있었다. 집을 나서기 전 엄마처럼 골똘히 거울을 들여다보며 매무새를 다듬었을 그의 시간이 짐작됐다. 이내 바투 마주한 두 사람은 연거푸 고개를 숙이는 정중한 인사를 나눴다. 두 사람의 만남이 사무적인 이유와는 무관하다는 걸 모를 수는 없었다. 그들의 얼굴에선 생기가 찰랑이고 있었으니까. 그러니까, 정념의 시절을 통과할 때 발견되는 투명한 생기가……. 엄마는 끝까지 나를 보지 못한 채 남자를 따라 플랫폼을 빠져나갔고, 나는 내 쪽으로 들어온 전철에 곧 몸을 실었다.

그날 나는 하루 종일 그 무엇에도 집중할 수 없었다. 강의를 듣는 동안엔 공책 여백에 의미 없는 낙서만 했고 누군가 말을 걸어오면 단박에 알아듣지 못해 상대를 난처하게 했으며 식당 앞을 지나갈 때

에야 점심식사를 하지 않았다는 것을 깨닫는 식이었다. 머릿속에선 엄마와 남자가 플랫폼에서 만나는 장면이 반복적으로 재생됐다. 그들의 요란하지 않은 인사를 떠올리면 안도감이 드는 동시에, 그 안도감의 출처나 근거가 무엇인지 나조차 알 수 없어 의아했다. 그때 나는 엄마의 욕망을 직시할 준비가 되어 있지 않았을 터였다.

그런 날이 분명 있었지만, 나는 엄마에게 만나는 사람이 있느냐고 물은 적은 없었다. 그렇게 묻는 것 자체가 어색하기도 했고, 무엇보다 그 남자에게 가정이 있을까 봐 두려웠다. 그가 기사식당의 손님이든 식당에 식자재를 대주는 도매상이든, 아니면 어딘가에서 우연히 만난 사람이든, 그런 건 상관없었다. 하지만 가정이 있는 사람이라면, 엄마가 미연과 나의 생물학적 부친과 다를 것 없는 방식으로 연애를 하는 것이라면, 나는 그것만은 감당할 자신이 없었다. 결국 내가 선택한 방식은 무관심이었다. 엄마의 표정이랄지 체취, 평소와 달라진 태도 같은 것을 의식하지 않기 위해 나는 애썼다. 엄마의 연애에 어떤 감정적 판단도 하지 않기 위해, 엄마와 그 남자가 밀폐된 공간에서 서로의 옷을 벗기고 감각을 나누는 장면을 상상하지 않기 위해, 실은 이를 악물고 애써야 했다.

엄마가 얼마나 오랫동안 그 남자를 만났는지는 알 수 없다. 다만 그 여름이 끝나고 새 학기가 시작된 이후, 이제 막 활동을 시작한 영화 동아리 선배들과 새벽까지 술을 마시고 귀가한 날, 엄마가 화장실에서 세게 물을 틀어놓은 채 길게, 너무도 길게 세수를 하고 이를 닦는 소리를 들으며 나는 엄마의 연애가 끝났음을 직감했다. 물을 귀하게 쓰는 엄마는 평소에는 그런 방식으로 씻지 않았으니까. 나는 술에 취한 상태에서도 인기척을 내지 않기 위해 발밑을 조심하며 내 방으로 건너갔다. 방에 들어간 뒤엔 형광등도 켜지 않은 채 문에 등을 기대고는 가만히 웅크려 앉았다. 물소리는 그 뒤로도 꽤 오래 이어졌지만 내 기억에 엄마의 울음소리는 끝내 들려오지 않았다.

지금 이 순간, 왜 그날들이 떠오르는 것일까.

"추우세요?"

영준 씨가 물었다. 나는 괜찮다고 대답했지만 슬

쩍 내 쪽을 본 영준 씨는 히터 온도를 높게 조절했
다. 차의 앞창으로는 연푸른색에 가까운 동틀 무렵
의 빛이 어둠에 금을 내며 스며들었다. 밤새 그와
이야기를 나누었다는 것이 좀처럼 믿기지 않았다.
테이블에 쌓여가던 술잔과 찻잔, 전기스토브 주변
의 온기와 그 온기 안에서 엎드려 잠든 정미, 톱밥
과 나무껍질 냄새, 그런 풍경과 감각도 이미 상영을
마친 영화처럼 아득하게 느껴진 순간, 픽업트럭이
멈췄다.

먼저 차문을 열고 나간 영준 씨는 뒷좌석 문을 열
어 정미를 내리게 해주었다. 그를 따라 차에서 내리
자 영준 씨는 내게 정미의 목줄을 쥐어주며 들어가
서 푹 쉬라고 말했다.

나는 추워 보이는 그의 손을 잡았다.

그러곤, 재빨리 놓았다.

✳

정오 무렵엔 식당 문을 열어놓기 시작했다.

칼국수 요리에 재미가 붙은 데다 내 한 끼를 해결

하고 싶어서였는데, 식재료를 다듬거나 반죽을 치대고 있노라면 한두 명씩 사람들이 들어오는 상황이 벌어지기도 했다. 동네 사람들이야 내가 엄마의 딸이란 걸 알기에 뭐 하나, 먹을 만한 게 있니, 하는 수준의 말을 건네는 것으로 그쳤지만 외지에서 온 사람들은 자연스럽게 문을 열고 들어와 칼국수를 주문하곤 했다. 주저하는 부류의 손님들도 있었다. 엄마의 생활 반경과는 접점이 없는 곳에 살거나 성당에서 엄마와 인사를 나누는 정도의 친분을 쌓은 사람들이 그런 부류였다. 그들은 엄마의 죽음을 알지 못했지만 정미식당에서 칼국수를 먹어본 적 있다는 공통점을 갖고 있었다. 식당 문 너머에서 기웃하다가 문을 살짝 밀어 고개만 들이밀고는 사장님 안 계세요, 라거나 칼국수 해요, 라고 묻는 행동 패턴도 비슷했다. 처음엔 손님으로 식당에 오는 사람들을 어떻게 대해야 할지 몰라 허둥대기만 했는데, 어느 순간 칼국수를 몇 인분 더 준비하는 것이 대수롭지 않게 생각됐고 그 생각은 나를 조금은 자유롭게 했다.

예닐곱 살 정도로 보이는 남자아이의 손을 잡고

식당 문을 연 만삭의 젊은 여성을 본 순간, 그리고 나는 내게도 첫 손님이 생겼다는 것을 순순히 받아들이게 됐다. 주문은 아이가 했다. 아이가 또랑또랑한 목소리로 칼국수 1인분과 작은 그릇을 부탁하는 동안, 아이 엄마는 짐짓 뿌듯한 표정으로 나와 아이를 번갈아봤다. 나는 전날 넉넉하게 반죽을 해놓았다는 것에 안도하며 아이에게 조금만 기다려달라고 말했다. 돌아서자, 아이와 아이 엄마는 내가 알아들을 수 없는 언어로 대화를 이어갔다. 끝소리가 둥글고 높낮이가 있는 언어였다. 말하는 게 아니라 꼭 노래를 하는 것만 같았다.

칼국수는 큰 그릇 두 개에 따로 담았고 내가 먹으려고 만들어놓은 콩나물무침과 두부조림, 그리고 엄마의 김치 조금을 작은 접시들에 덜어냈다. 음식을 그들의 테이블에 가지런히 놓자 아이는 당황해했는데, 나는 그런 아이를 향해 2인분 같은 1인분이라고 슬쩍 설명했다. 명민하게도 내 말을 한 번에 알아들은 아이가 이번에도 노래 같은 언어로 제 엄마에게 상황을 전하자 아이 엄마가 돌아서는 내게 고맙습니다, 한국말로 인사를 건넸다.

두 번째 손님은 바로 다음 날 맞이하게 됐다. 자발적으로 식당을 찾아온 손님은 아니었다. 반죽을 만들어놓고 숙성을 기다리는 동안 고양이들의 끼니를 챙기러 마당 쪽으로 나가다가 담 너머에서 느릿느릿 걸어가는 노파를 보게 됐다. 내 손을 붙잡고는 내가 신은 엄마의 털신을 한참 동안 내려다보던, 허리가 굽은 그 노파였다. 나도 모르게 할머니, 하고 불렀지만 노파는 내 쪽을 돌아보지 않았다. 서둘러 밖으로 나가 노파의 한쪽 팔을 붙잡고 나서야 노파는 놀란 얼굴로 찬찬히 나를 들여다봤다.

"점심 안 하셨으면 저랑 칼국수 먹어요."

저절로 옥타브가 올라간 목소리로 말을 건네자 밀가루 음식은 못 먹는다는 대답이 돌아왔다.

"소화가 안 돼, 아예 안 돼. 오래됐어."

"그럼 밥 드세요. 밥도 있어요."

"정미네 아냐? 정미네가 이제 밥도 팔아?"

노파가 나를 알아봤는지 확신하지 못한 채였는데, 노파는 반갑게도 그렇게 물었다.

"아, 오늘만 그러려고요."

"그래도 난 안 가지. 밥 그까짓 게 뭐라고 남의 집

서 돈 내고 먹나."

"그냥 제가 드리고 싶어서요. 사 드시는 거 아니고요."

"……."

"왜……요, 왜 웃으세요, 할머니?"

"그이 딸내미 맞으니까 웃었지."

말하며, 노파는 나를 앞질러 식당 쪽으로 걸어갔다.

노파가 앉은 테이블에 데운 밥과 뭇국, 남은 밑반찬을 내놓았다. 노파와 마주 앉은 채 식사를 하는 동안, 나는 엄마가 노파에게 겨울엔 솜이불을, 여름엔 선풍기를 선물했다는 것과 틈틈이 반찬을 가져다주곤 했다는 것을 알게 됐다. 노파가 웃은 건 내가 엄마와 비슷한 행동을 해서였던 셈이다. 엄마가 왜 노파를 알뜰히 챙겼는지, 그건 너무도 자명하게 알 수 있었다. 노파는 별말 없이 가만가만 음식만 씹고 삼키면서도 엄마 이야기가 나오면 웃곤 했는데, 그때마다 겹쳐지는 얼굴이 있었다. 주름에 눈꼬리가 파묻혀 실눈이 되는 얼굴, 그건 외할머니가 웃던 방식이었다.

외할머니의 얼굴이 그제야 또렷이 기억이 났다.

이런 일화들을 들려주면 그 사람은 즐거워할까.

"그런 마음은 참 좋은 거야. 누군가를 즐겁게 해주고 싶은 마음 말이야."

노파가 다녀가고 이틀 뒤 J읍에 내려온 영은 선배는 내 이야기를 듣자 그렇게 대꾸했다.

"좋은 건가?"

"좋지. 살아보니 그보다 좋은 건 없더라."

"……칼국수는 괜찮아? 본격적으로 팔면 범죄가 되려나?"

"기대 이상인데, 무슨. 근데, 잠깐."

"……."

"지금 그거 무슨 말이야? 여기에 정착하겠다는 거야? 그럼, 회사는?"

돌연 젓가락을 내려놓은 선배는 정색하며 연이어 물었다. 글쎄, 말하며 나는 즉답을 피할 수밖에 없었다. 그러고 보니 편집 일에서 손을 놓은 지 다섯 달째였다. 엄마도 없는 J읍에 이렇게나 오래 머물 거라고는 전혀 예측하지 못한 일이긴 했다. 엄마가 살던 집에서 엄마의 옷을 입고 엄마의 화장품을 쓰면서 살아가리라곤, 길고양이들의 끼니를 챙기는 일과 정미와의 산책이 이토록 절대적으로 중요한 일과가 되리라곤, 칼국수를 요리할 줄 알게 되고 심지어 다른 사람에게 팔거나 대접하는 날이 오리라곤, 그 모든 것을 나는 단 한 번도 예측한 적 없었다. 이제 내게는 확신에 찬 미래란 허구라는 생각이 들었다.

서울로 돌아가기 위해 자리에서 일어나는 영은 선배에게 내 오피스텔의 전자키 비밀번호를 알려주었다. 남편과 아이들이 없는 곳에서 책과 영화를 보고 싶다고 말해왔던 선배에게 그곳이 필요할 수 있겠다고 생각해서였다. 선배는 깜짝 놀라면서도 어차피 빈집 관리도 해야 하니 간간이 들여다보겠다고 대답했고 나는 편히 쓰라고 다시 한번 일러두었다.

선배의 차가 떠나는 걸 지켜본 뒤, 나는 식당 문을 닫았다. 둥글고 리듬 있는 언어를 구사하는 모자母子나 외할머니를 닮은 노파가 방문할 시간은 어차피 지나 있었다. 마당에서는 정미가 눈이 녹은 자리에서 돋아나기 시작한 풀들을 골똘히 탐색하고 있었다. 간혹 맛도 봤는데, 맛이 없는지 몇번 씹다가

113

뱉어놓고는 괜히 억울한 표정을 지어 보이기도 했다. 세탁기를 돌려놓고 섬돌에 앉아 정미와 엄마의 봉분을 번갈아 바라보는데 차가 다가오는 소리와 시동이 꺼지는 소리가 연이어 들려왔다. 정미가 문득 귀를 쫑긋 세운 채 허공을 향해 코를 킁킁대더니 이내 밖으로 뛰어나갔다.

정미를 따라 나가보니, 예상대로 영준 씨의 픽업 트럭이 보였다.

운전석에서 내린 영준 씨는 나를 보자 손에 들고 있던 종이가방부터 건넸는데, 그 안에는 바이올린처럼 옆선이 매끄러운 도마가 들어 있었다. 체리나무로 만들었다고, 사포 작업에 공을 들이느라 생각보다 시간이 오래 걸렸다고 그가 설명했다. 마치 일주일 동안 오로지 도마 작업에만 몰두했다는 듯이, 그래서 전화 한번 못 했다고 변명하듯이…….

"당연히 일주일이나 걸리진 않았죠."

도마를 만드는 데 원래 일주일씩 걸리느냐는 내 질문에 영준 씨가 웃으며 그렇게 대답했다.

"생각 좀 하느라고요."

"……."

"내일 거기……."

"……."

"그 집에 가보려고 해요."

영준 씨는 일주일 동안 그걸 결심했던 모양이다.

"……같이 가요."

"그래 줄래요?"

"그러기로 했잖아요."

고맙다고 대답하는 영준 씨에게 저녁식사를 제안하려다 그만두었다. 오늘 그에게는 내가 간섭할 수 없고 간섭해서도 안 되는 터널 같은 밤이 남아 있을 테니까. 내일 서울로 출발하는 시간을 정한 뒤 영준 씨는 다시 차에 올랐다. 그와 나는 별다른 인사를 나누지 않았지만 대신 정미가 떠나는 트럭을 향해 오래오래 꼬리를 흔들어주었다.

✳

J읍에 내려오기 전까지 영준 씨는 주택공사 소속 직원으로 주로 계약 관련 업무를 해왔다. 공사를 통해 임대아파트를 배당받은 사람들에게 계약

을 안내하고 계약 만료가 다가오면 해지나 변경, 갱신을 돕는 일이었다. 간혹 주민센터 직원과 함께 임차인의 아파트 현관문을 강제로 열고 들어가야 하는 상황도 생겼는데, 해당 주택이 재정비사업 구역에 포함되어 퇴거 요청을 하였는데도 아무런 응답이 없을 때였다. 새로운 거처를 찾을 여유랄지 정보, 때로는 금전이 부족하여 현관문까지 잠가두고 은둔하는 사람들, 그런 사람들 중엔 이미 고독사 위험 집단으로 분류되어 관할 구청이나 주민센터에서 모니터링을 받아온 이들이 많았다. 그들을 대할 때마다 가난과 고독의 상관관계를 영준 씨는 생각하곤 했다. 고독한 사람이 곧 가난한 것은 아니지만 가난은 고독의 충분조건이 될 수 있으며 고독은 보편적인 풍경으로 구현된다는 생각, 그 생각은 영준 씨의 머릿속에서 서서히 고착화됐다. 그들은 왕래하는 가족이 없었고 당뇨니 고혈압 같은 지병을 앓거나 알코올의존증 상태였으며 대개 기초생활수급자로 등록되어 있었다. 여러 장의 고지서와 독촉장이 꽂힌 우편함, 냉난방이 최소화된 집 안, 여기저기 구분 없이 쌓여 있는 쓰레기와 습기 차고 응달진 곳엔 어김없이 피어 있는 곰팡이, 희미하거나 강렬한 담배 냄새…… 그 고독한 집들에서 고독하게 살아가는 사람들의 얼굴에선 크게 웃은 흔적을 찾기 힘들었다. 왁자지껄한 저녁 식탁이라든지 연인이나 배우자의 체온으로 덥혀진 침대를 향유하지 못하고 살아온 무색무취한 세월이 전해질 뿐이었다.

가끔, 그러니까 일이 년에 한 번 정도는 본의 아니게 한 생애의 끝을 가장 처음 목격해야 할 때도 있었다. 강제로 문을 따고 들어간 순간부터 그것을 모를 수 없었는데, 바로 악취 때문이었다. 타인의 손길과 다정한 목소리로 주고받는 작별인사 없이, 마지막 입맞춤이나 사랑의 고백 없이, 심지어 의료 차트에 기록도 남기지 않고, 언제 심장이 멈추고 뇌 기능이 중단되었는지 아무도 모르게 생애의 마지막 과제인 죽음을 혼자 치른 사람들…… 그들은 대부분 노인들이었고 간혹 사오십 대 남성도 있었다. 이십 대는 단 한 명, 다현이뿐이었다.

다현이, '이'가 포함된 다현이까지가 이름이라는 듯, 영준 씨는 꼭 그렇게 다현이를 호명했다.

다현이는 그의 방문에 없는 척 위장하는 방식을

쓰지 않았다. 퇴거 요청을 위해 다현이가 살던 임대 아파트를 찾아간 날, 다현이는 순순히 현관문을 열어주었던 것이다. 그가 귀한 손님이라도 된다는 듯 두 손을 모아 공손히 인사했으며 시원한 물 한 잔을 건네기도 했다. 그날 다현이는 퇴거 날짜를 확인하고는 그때까지 꼭 짐을 빼겠노라고 약속했다.

영준 씨가 다현이의 집을 재차 방문한 건 다현이가 퇴거 약속을 지키지 않아서였다.

첫 대면 때와는 달리 부스스한 얼굴로 현관문을 연 다현이는 큰 죄라도 지은 사람인 양 고개를 숙인 채 이사 갈 곳을 알아보고 있다고만 말했다. 전날 늦게까지 아르바이트를 했는지 다현이에게서 숯불 냄새가 났다. 그런 다현이에게 영준 씨는 너 때문에 철거와 재정비사업이 미뤄지고 있다는 말을 차마 전할 수 없었다. 아침은 먹었느냐고 묻자 곧 점심시간인데요, 대답한 다현이는 그제야 느슨히 웃어 보였다. 다현이에게 점심을 같이 먹자고 제안한 건 그렇잖아도 작고 마른 다현이가 그날따라 더 왜소해 보여서이기도 했고 청년임대주택에 대해 알려주고 싶어서이기도 했다. 집 근처 백반 식당에서 밥을 먹었고 식당에서 나오는 길엔 편의점에 들러 아이스크림 두 개를 사서 근린공원 벤치에 앉아 함께 먹었다. 아이스크림을 먹는 동안 여름 하늘을 채운 구름의 지형이 두세 번 정도 바뀌었다. 십 분도 안 되는 그 짧은 시간이 다현이에게는 모르는 어른의 호의를 받아본 거의 유일한 경험으로 남게 되리란 것을 그때 그는 알지 못했다.

그는 다현이를 세 번 만났고, 그 세 번째가 결과적으로 마지막이 되었다. 두 번째 만남 이후로도 다현이는 짐을 빼지 않았고 통화는 연결되지 않았다. 불길했다. 다현이네 아파트로 차를 몰고 가면서나 다현이의 집 앞에서 주민센터의 행정직원과 열쇠공을 기다리는 동안에도 죽지 말라고, 다른 건 다 괜찮으니 그것만, 죽는 것만 제발 하지 말라고 그는 속으로 수없이 중얼거렸고, 그때마다 있는 힘껏 어금니를 앙다물었다. 이튿날부터 시작된 턱의 통증으로 그때의 치악력을 짐작하게 되었을 뿐, 당시엔 아무것도 감각하지 못했다.

"집이 참 깔끔했어요."

목공소에서 영준 씨는 그렇게 회상했다.

"쓰레기도 없었고, 부패 전이었는지 악취도 안 났죠. 책상 겸 식탁으로 쓰던 테이블 하나가 거실 한가운데 놓여 있었는데, 애견미용 자격증 시험에 필요한 책들이 몇 권 있더라고요. 한발 늦게 도착한 행정직원이 이야기해 줬어요. 다현이가 실업고등학교를 나왔는데 그때 전공이 애견미용이었다고요. 다현이가……."

"……."

"다현이가 정말 작았거든요. 키도 체격도 다요. 근데 손이 특히 작았어요. 다현이는 없는데, 떠나버렸는데, 그 작은 손으로 대형견은 어떻게 미용하려고 그런 전공을 선택했나, 진작 다른 일 찾아보지, 나는 그런 생각이나 하고 있었죠."

"……."

행정직원은 다른 것도 알려주었다. 다현이에게는 가족이 외할머니뿐이었다는 것, 외할머니와 사이가 각별했으며 외할머니가 돌아가신 지는 불과 이 년도 안 됐다는 것, 외할머니마저 없는 세상에서 어렸을 때부터 살았던 집을 혼자 떠나는 게 막막하고 불안했을 거라는 것, 그런 것…….

다현이는 그 작은 손으로 창문 틈새를 꼼꼼히 테이핑한 뒤 유독한 연기를 마셔가면서 혼자 그 먼 길을 떠났다. 마음의 뒤편으로 한없이 걸어가다 보면 전부 같았던 그 마음도 결국 끝이 있다는 걸 미처 배우지 못한 채. 이십삼 년, 그때 다현이의 몸 안엔 이십삼 년의 세월이 축적되어 있었을 뿐이다.

다현이의 사망신고와 유품 정리는 영준 씨가 사비로 진행했다. 화장 절차 전까지 연고자가 나타나지 않아서였다. 유품 정리 업체로부터 다현이의 다이어리를 건네받은 건 다현이가 떠나고 일주일 정도가 지났을 때였다. 업체 직원은 다이어리의 마지막 일기가 주택공사 직원에 대한 이야기여서 영준 씨에게 연락했다고 일러주었다. 영준 씨는 바로 직원을 만나러 갔고 다현이가 쓴 문장들을 통해 놀이터에서 아이스크림을 먹었던 그 여름의 하루를 복기하게 됐다.

고작…….

다이어리를 받고 집으로 돌아가는 버스 안에서 영준 씨는 '고작'이라는 단어를 입에 올렸다. 고작 주택공사의 직원일 뿐인 자신에게 불안을 기대었던 다현이의 일생을 생각하면 자꾸 그 단어가 끼어들었다. 그날 영준 씨는 버스 차창에 저도 모르게 머리를 쿵, 세게 박으며 고작, 고작, 연거푸 내뱉었다. 영준 씨와 함께 있던 버스 안 승객들도 의아함이 실린 눈빛을 교환하며 어쩔 줄 몰라 했을 터였다. 성인 남자가 버스 안에서 소리 내어 우는 건 그리 흔한 광경은 아닐 테니까.

여름이 지나고 그해가 끝나갈 때까지 다현이가 살던 임대아파트는 철거되지 않았다.

여러 이유가 있었다. 정책적인 보완이 필요해서이기도 했고, 시공사와 재건축 조합과의 갈등 때문이기도 했으며 원자재 값과 인건비가 상승한 탓도 있었다. 다현이가 할머니와 함께 살던 임대아파트에서 떠나지 않아도 되었더라면, 그 집을 정리할 시간이 좀 더 주어지기라도 했다면, 아니, 그저 자신이 그런 통보를 하지만 않았어도……. 날마다 영준 씨는 그런 가정을 했고 그 가정들이 아무런 쓸모가 없다는 것을 매번 똑같은 분량의 회한으로 인정해야 했다. 그해 겨울의 끝에서 회사를 그만두고 J읍으로 내려올 때까지, 임대아파트는 그 자리에 그대로 있었다.

철거 소식은 불과 보름 전에 듣게 됐다. 보름 전, 정미를 데리고 나와 함께 산책을 하고 있을 때, 영준 씨의 퇴사 사유를 유일하게 알고 있던 주택공사 동료가 전화로 알려준 것이다.

"한번……."

가볼래요, 라고 나는 물었다. 올해 들어 가장 추웠던 새벽의 목공소에서, 영준 씨의 이야기를 모두 들은 뒤, 충동적으로, 그러나 그럴 수밖에 없는 마음으로……. 영준 씨는 내 제안에 솔깃해하면서도 바로 대답하지 않았다. 손바닥으로 아프도록 두 눈을 여러 번 꾹꾹 누르고 나서야 고민해보겠다고 말하고는 테이블 아래서 잠든 정미를 하염없이 내려다볼 뿐이었다.

∗

아침부터 비가 내렸다.

엄마 집에 내려온 이후 서울까지 다녀오는 건 처음이어서 정미와 길고양이들의 사료와 물을 넉넉히 채워놓았다. 혹여 하루 동안 식당을 찾아오는 사람이 있을지 몰라 식당 유리문에 메모를 남겼고 미연이나 영은 선배가 기별 없이 내려오는 일이 없도록 오늘은 외출할 예정임을 알렸다. 그 와중에 다현이에게 줄 만한 선물은 좀처럼 떠오르지 않아 한참을 고민했는데, 거실을 지나가다가 장식장 안에 들어 있던 모과주를 발견하고는 조금은 안도하게 됐다.

영준 씨는 우리가 전날 약속한 대로 아침 열 시 정각에 픽업트럭을 몰고 정미식당을 찾아왔다. 함께 외출하는 줄 알고 한껏 흥분해 있던 정미가 나 혼자 트럭에 타는 걸 보고는 당혹감에 크게 짖었으므로 나는 트럭에서 잠시 내려 한동안 정미를 쓰다듬어 주어야 했다.

아파트가 위치한 서울의 서북쪽으로 달려가는 동안 비는 계속 우리를 따라왔다.

픽업트럭을 공용 주차장에 세워두고, 우리는 각자의 우산을 펼치고는 몇 걸음 간격을 둔 채 재정비사업 구역 안으로 들어갔다. 한두 달 안에 철거가 진행될 예정이어선지 주민들은 모두 떠난 듯했고 공사 장비와 건축 자재가 여기저기 쌓여 있었다. 창문과 공동 현관문이 떼어진 다가구주택과 낡은 아파트들, 공사 구역을 임의로 구분하기 위해 쳐놓은 붉은색 비닐노끈, 출입을 금지한다는 노란색 경고문과 이미 지난 날짜가 적힌 이주 공고문, 재건축을 반대한다는 글씨가 얼핏 보이는 버려진 플래카드가 시야를 채웠다.

"여기예요."

영준 씨가 멈춰 서서 알려줬다. 청운아파트, 다현이가 살던 6층짜리 아파트의 이름이었다.

청운아파트의 공동 현관문 앞에도 출입 금지를 알리는 팻말이 보였지만 영준 씨는 거리낌 없이 팻말을 밀치고는 반쯤 떨어진 테이프와 거미줄을 걷어내며 그 안으로 들어갔고, 나도 그런 영준 씨를 바짝 따라갔다. 엘리베이터는 작동하지 않아 계단을 이용했는데, 난간이 모두 떼어진 상태여서 중심을 잘 잡아야 했다. 301호 현관문도 난간처럼 이미 떼어진 채였다. 문 너머는 까맸다. 한때 이곳을 가득 채웠을 할머니와 손녀의 숨이 더 이상 이 세계에 속해 있지 않다는 게 서글픈 거짓말 같았다.

우리는 신발을 신은 채 301호로 들어갔다. 영준

씨가 종이가방에서 케이크를 꺼내 바닥에 놓더니 성냥을 그어 두 개의 큰 초와 다섯 개의 작은 초에 차례로 불을 붙였다.

"오늘이 다현이 생일이에요?"

묻자, 영준 씨는 고개를 저었다.

"실은 잘 몰라요. 사망신고서 작성할 때 주민등록번호를 건네받아 적긴 했는데 2월이었다는 것만 기억나고 정확한 날짜는 도무지 떠오르지 않더라고요."

"2월에 태어난 아이네요, 다현이는."

"살아 있다면 2월의 어느 날에 스물다섯 살 생일을 맞았겠죠."

촛불이 고요히 일렁였다.

참, 하며 나는 가방에서 모과주를 담은 유리병과 술잔 세 개를 꺼냈다. 그런 나를 지켜보던 영준 씨역시 참, 하더니 차에 다현이에게 주려고 산 꽃을 두고 왔다고 말했다.

"가지고 올게요. 금방 오긴 할 텐데, 혼자 있을 수 있겠어요?"

"이래 봬도 캄캄한 편집실에서 수없이 혼자 밤을

새워본 사람이에요."

내 말에 영준 씨는 작게 미소 지었다.

영준 씨가 나간 사이 나는 들고 온 가방을 깔고 앉고는 무릎에 얼굴을 묻은 채 타오르는 촛불을 응시했다. 초에서 시선을 돌리지 말라는 부탁이라도 받은 사람마냥 집요히…… 엄마, 하고 나는 오랜만에 엄마를 불러보았다.

"다현이를 만났다면, 엄마가 좀 예뻐해주라."

말했고, 그곳에선 엄마가 다현이 엄마여도 질투하지 않을 테니까, 라고 뒤이어 속삭였다. 말하고 나니 다현이와 엄마가 손을 맞잡고 걸어가는 모습이 상상됐다. 현실이라는 프레임 바깥에서, 사부작사부작, 키도 작고 손도 작은 두 사람이 저만치서 걸어가고 있었다. 너무 멀리 가지 말라고, 내 쪽도 좀 봐달라고 전하고 싶었지만 그들은 그들대로…….

그들의 길을 갈 터였다.

빗소리가 갑자기 증폭됐다가 훅 줄어들기를 반복했다. 볼륨 조절링이 달려 있는 작고 아늑한 상자 안에 들어와 있는 것 같았다. 그사이 돌아온 영준

씨는 가슴에 안고 있던 꽃다발을 케이크 옆에 두었
다. 분홍색과 흰색, 보라색 국화들로 가득한 꽃다발
이었다.

우리는 빗소리를 들으며 모과주를 나눠 마셨고
다현이 몫으로도 한 잔 따라놓았다.

초가 밑동까지 다 타들어가서 저절로 꺼질 때까
지 우리는 말없이 그곳에 앉아 있었다.

엄마의 골분을 섭취한 모과나무가 살아 있고 살
아갈 것임을 알리는 신호인 양 손톱만 한 연둣빛 싹
을 틔운 날, 모과나무에 줄 영양제를 사러 버스를
타고 시내로 나갔다가 돌아오는 길에 란미용실에
들렀다. 미용실에는 이미 세 명의 손님들이 의자나
소파에 앉아 대화를 나누는 중이었다. 거울 앞 의
자에 앉은 손님의 머리칼에 롯드를 말고 있던 혜란
아주머니는 나를 보자마자 슈퍼마켓에서처럼 바로
다가오더니 내 두 손을 꼭 맞잡았다. 아주머니는 미
용실 안의 손님들에게 명순 언니 맏딸이라고 나를

소개했다. 엄마 또래거나 엄마보다 나이 들어 보이던 세 명의 손님들이 저마다의 방식으로 내게 인사를 건넸다. 장례식장에서 날 보았다며 알은체를 해오는 아주머니도 있었고 그저 가만히 바라보며 눈웃음만 짓는 아주머니도 있었다.

"근데, 여긴 어쩐 일이야?"

혜란 아주머니가 뒤늦게 물었고, 나는 머리칼을 좀 자르고 싶다고 대답했다.

"아니, 서울 가서 젊은 언니한테 자르지, 왜."

"커트 잘하시면서 뭘요."

란미용실을 이용하는 건 처음이면서 나는 일단 그렇게 말한 뒤 이내 빈 의자에 앉았다. 결과적으로 혜란 아주머니의 별다른 기교 없는 커트 스타일이 나는 마음에 들었다. 층이 많이 지지 않으면서도 옆머리칼이 자연스럽게 내려와 한데 묶기에도 편할 듯했다. 계산할 때는 돈을 안 받으려는 아주머니와 주려는 나 사이에 작은 실랑이가 있었다. 다행히 아주머니는 돈을 받았고 식재료가 떨어지면 언제든 받으러 오라고 했다. 아주머니의 그 말에, 그렇잖아도 미용실을 드나드는 손님을 통해 알배추 다섯 통을 주문하고 싶었다고 나는 대꾸했다.

"알배추를 다섯 통이나? 뭐에 쓰려고?"

"겉절이 담그려고요. 칼국수에는 겉절이잖아요. 엄마 김치도 이제 다 떨어졌고요."

"아니, 너 식당 다시 열려고?"

아주머니가 두 눈을 동그랗게 뜨며 되묻자 미용실 안 손님들은 일제히 내 쪽을 바라봤다.

"언제까지 할지는 모르겠고요, 그냥 재미로 해보는 거예요. 한번 드시러 오세요."

나는 쑥스러움을 참고 겨우 말한 건데 아주머니가 갑자기 호탕하게 웃기 시작했다. 아마도 내가 엄마 식당에서 똑같은 메뉴로 장사를 한다는 게 소꿉놀이처럼 느껴지는 모양이었다.

"그래, 알았다. 꼭 먹으러 갈게. 여기 손님들 다데리고 가야겠다. 어디 명순 언니 딸 맞나 봐야지."

"엄마만큼이야 못하죠."

"그렇게 말하니 더 기대되는데?"

그런 대화를 나누는 동안 가방 안에 둔 휴대전화에서 진동이 전해졌다.

아주머니와 또 보자는 인사를 나눈 뒤 돌아서서

전화를 받자 영준 씨의 목소리가 들려왔다. 영준 씨는 여보세요, 라는 말도 없이 잠시만요, 하더니 몇 초 뒤 다시 가까워진 목소리로 들었느냐고 물었다.

"뭘요?"

"개구리요. 개구리 소리, 못 들었어요?"

"개구리가 벌써 울어요?"

"온난화 때문인가. 아님, 부지런한 녀석 몇이 일찍 깼는지도 모르고요."

"고놈들 참 쓸데없이 부지런하네."

영준 씨는 할머니 말투 같다며 놀리듯 웃었다.

집으로 걸어가는데 바람 끝에 둥글고 나른한 온기가 배어 있는 게 느껴지긴 했다. 겨울에서 봄 사이의 국경을 지나가는 기차 안의 승객이 된 것만 같았다. 기차는 느리게, 그러나 쉬는 일 없이 규칙적으로 달릴 것이고 겨울 나무와 봄 나무가 섞여 있는 기차 창밖을 바라보다가 문득 주머니 안을 뒤적이면…….

시곗바늘은 없지만 타이머는 내장된, 그러나 그 타이머가 언제 멈추는지는 어디에도 기록되지 않은 시계가 내 손에 딸려 나올 터였다.

"그러고 보니……."

"……."

"어제 둑길에서도요……."

어제 정미와 걸었던 둑길에서도 디졸브되는 화면처럼 닫혀가는 겨울과 열리는 봄을 목격했다고 나는 영준 씨에게 말했다. 둑길에 쌓인 눈은 남아 있거나 녹아 있었고 둑 아래 작은 천은 살얼음을 띄워놓긴 했지만 그 주변이 거의 다 해빙되어 있었다고도. 나와 나란히 서 있던 정미가 부리가 노란 검은머리새를 발견하고는 꼬리를 흔들며 짖었는데, 정미의 입가에서는 마치 컴퓨터 그래픽으로 처리한 듯 아주 짧은 입김만이 순식간에 나타났다 금세 흩어졌다. 존재의 형태가 바뀌었을 뿐, 사라진 건 없었다. 나는 그렇게 생각했다. 녹은 눈과 얼음은 기화하여 구름의 일부로 소급될 것이고 구름은 다시 비로 내려雨水 부지런히 순환하는 지구라는 거대한 기차에 도달할 터였다. 부재하면서 존재한다는 것, 부재로써 현존하는 방식이 있다는 것, 이번 겨울에 나는 그것을 배웠다.

슬픔이 만들어지는 계절을 지나가면서,

슬픔으로 짜여졌지만 정작 그 슬픔이 결핍된 옷을 입은 채,

그리고 그 결핍이 이번 슬픔의 필연적인 정체성이란 걸 가까스로 깨달으며······.

"근데, 지금 어디예요?"

영준 씨가 물었다.

정미식당 간판이 보였다. 나는 내가 있는 곳까지 다정히 마중을 나온 정미의 목덜미를 쓰다듬으며 집에 가는 중이었다고, 나의 집이 저기 있다고 대답했다.

정미와 함께 식당에 도착하자 시내로 나가기 전 반죽해놓은 밀가루가 기특하게도 먹기 좋을 만큼 숙성해 있었다.

나는 영준 씨에게 칼국수를 먹으러 오라고, 어서 오라고 말했다.

독자에게 쓰는 편지

겨울을 지나가는 사람에게

건강하신가요?

평안하시고요?

그대, 라고 부르려니 종이 뒤편에서 한쪽 귀를 기울이는 한 사람이 그려집니다.

그대는 어디에서 이 책을 발견할까요?

맑은 날에 읽을지, 아니면 비나 눈이 내리는 날에 읽을지, 그것도 궁금하군요. 구름은 불가해 보이고 대기는 한없이 청신한 날, 그러니까 좋다거나 맑다는 말로는 표현할 수 없는 그런 날일지도 모르겠어요. 괜히 뒷

짐을 진 채 허밍을 하게 되는 날일 수도 있을 테고요.

하긴, 어디든 어느 날이든 상관없습니다.

아무것도 상관없지만, 대신 그날 그곳에서 이 책이 그대에게 괜찮은 동행이 되어주기를 희망해봅니다.

몇 해 전, 여름 이야기를 먼저 썼습니다.

그때 저는 여름은 뜨겁지만 열매는 없는 계절이라고 생각했습니다. 집과 직업, 심지어 본래 이름까지 상실한 채 여름을 지나가는 인물들이 등장한 건 그래서였을 거예요.

『겨울을 지나가다』를 쓰는 동안엔 겨울은 통로라는 생각을 자주 했습니다.

겨울은 춥고 때때로 우리의 마음을 황량하게 하지만, 그래서 아주 차갑고 길쭉한 통로가 연상되지만, 그 통로 끝은 어둡지 않으니까요. 눈과 얼음이 녹아 기화하여 비로 내리면 세상은 다시 순환과 반복이라는 레일 위에서 싹을 틔우고 꽃을 피우니까요. 아이들은 걸음마를 배울 테고요.

저는 사실 겨울을 좋아하지 않습니다.

볕을 받으며 걷는 걸 좋아하고 추위를 싫어하는 사람이니까요.

대신 저는 겨울을 탑니다.

기차나 비행기처럼, 썰매나 파도처럼, 아니면 아주 커다란 새처럼 겨울을 탑니다.

대부분의 사람들처럼 저 역시 계획이나 예정에 없던 일을 벌일 때가 종종 있는데, 대개 겨울에 그랬습니다. 겨울마다 찾아오는 마음의 침잠에서 벗어나고 싶어 즉흥적으로 저지른 행동은 겨울이 끝날 무렵엔 뜻밖의 결과와 맞닥뜨리게 했지요. 그러니 저는 겨울을 기차나 비행기처럼, 썰매나 파도나 새처럼 타고 예상 경로를 벗어난 곳에 이르곤 했던 셈입니다.

돌아보니,

그것 또한 저의 일이고 제 삶의 일부였다는 것을 깨닫게 됩니다.

『겨울을 지나가다』에는 누군가의 마음과 도움, 노동

이 들어갔습니다.

나의 어머니에게 감사합니다. 그녀가 흘려놓은 실들을 주워 눈사람을 굴리듯 타래를 만들어보니 명순이 되어 있었습니다. 물론 상상으로 빚은 타래지만 저는 명순이라는 인물이 좋았고, 소설을 완성한 지금도 좋습니다.

췌장암 말기 환자의 상황을 세심히 검토해준 소설 쓰는 현석 님에게도 감사의 마음 전합니다.

제주에 사는 J에게도 고맙고요.

소설의 시작과 끝을 지켜봐준 황민지 편집자님과 다감한 문장을 얹어준 김혼비, 박준, 두 작가님에게도 마음 깊이 감사의 인사를 드리고 싶습니다.

고맙고 미안합니다.

이런 시대에 여전히 소설을 읽어주어 고맙고

이런 시대에 여전히 소설을 읽을 수밖에 없다는 게 미안합니다.

한 가지, 기억해주시겠어요?

겨울은 누구에게나 오고, 기필코 끝날 수밖에 없다는 것을요.

그대가 소설을 읽은 뒤
저는 속속들이 알지 못하는 그대만의 일상에서 반추하는 시간이 있었으므로,
여기에서
또 하나의 겨울을 통과하는 저는
살아가고 있습니다.

우리가 함께 숨 쉬고 있다는 것을,
우리의 숨이 이 지구를 가득 채우고 있다는 것을,
잊지 않으려고 씁니다.

잊히지 않기를 바라기에
쓰고,
살아갑니다.

2023년 겨울의 문立冬 앞에서
조해진 올림